KB078226

FANTASTIC ORIENTAL HEROES

송진용 新무협 판타지 소설

흑풍구 3

송진용 新무협 판타지 소설

초판 1쇄 찍은 날 § 2011년 2월 1일
초판 1쇄 펴낸 날 § 2011년 2월 8일

지은이 § 송진용
펴낸이 § 서경석

편집책임 § 주소영
편집 § 박우진 · 어정원

펴낸곳 § 도서출판 청어람
등록번호 § 제1081-1-89호
등록일자 § 1999. 5. 31
어람번호 § 제2-2042호

주소 § 경기도 부천시 원미구 심곡2동 163-2 서경B/D 3F (우) 420-822
전화 § 032-656-4452 팩스 § 032-656-4453
http://www.chungeoram.com
E-mail § chungeoram@chungeoram.com

ISBN 978-89-251-2426-1 04810
ISBN 978-89-251-2367-7 (세트)

3

대륙웅풍(大陸雄風)

호랑이 이빨

黑風

FANTASTIC ORIENTAL HEROES

송진용 新무협 판타지 소설

흑풍구

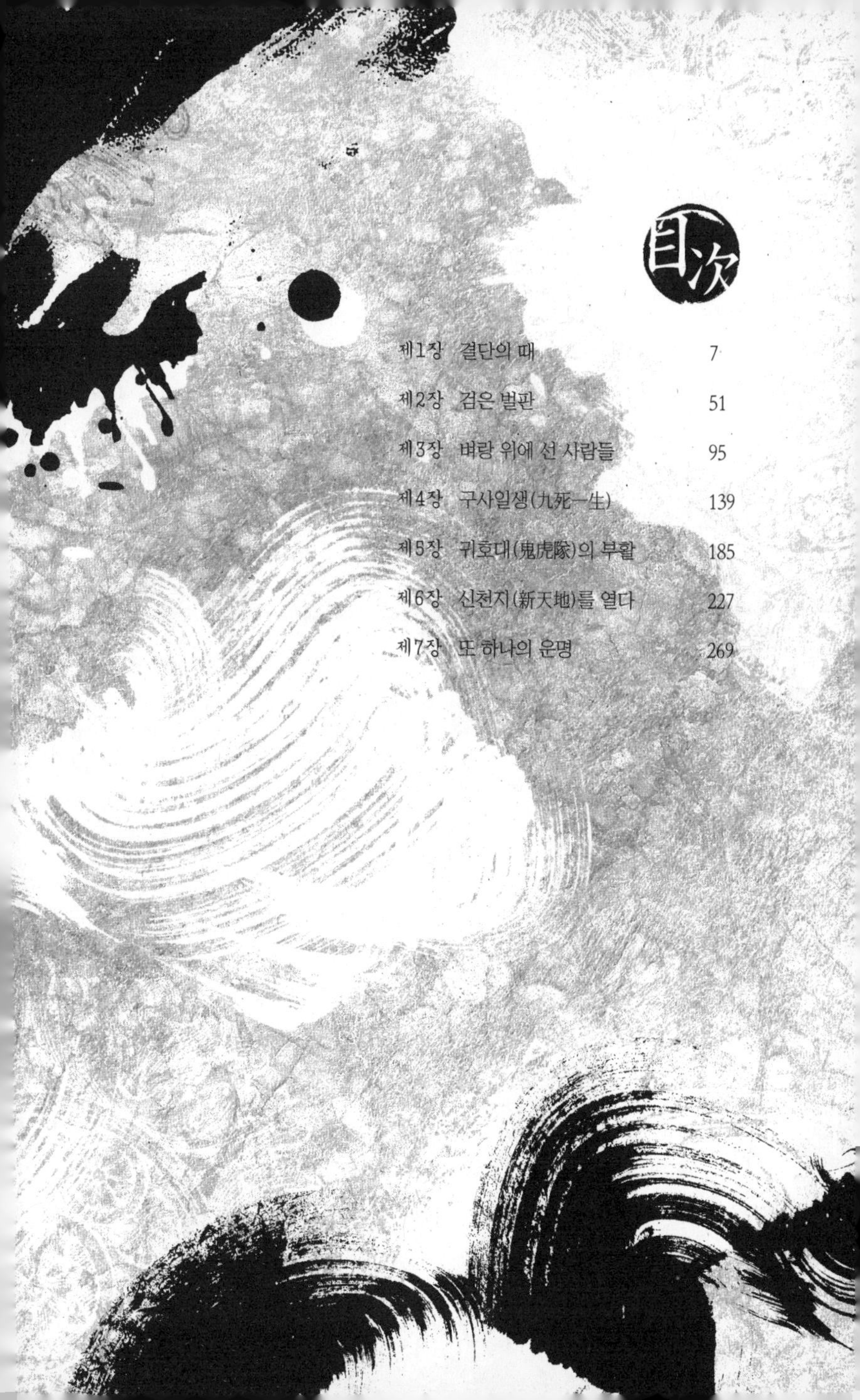

目次

第一章

결단의 때

1 욕심의 결과

검을 가졌다.

그러나 기쁘지 않다.

그게 문제였다.

유모량의 얼굴에는 탐욕이 가득했고, 신검을 바라보는 눈에 알 수 없는 분노와 적의, 야망이 이글거렸다.

원하던 검을 손에 넣었는데 왜 기쁘지 않은 건지, 왜 마음이 더 공허해지고 가슴은 열망으로 들끓어 오르는 건지, 그리고 왜 분노의 감정에 사로잡히게 되는 건지 스스로도 알 수 없었다.

"이것은 악몽이라는 것들을 베고 끊어버릴 수 있는 신검이다."

그의 열에 들뜬 중얼거림을 사람들은 무심하게 들었다.

유모량이 창백한 검신에 비친 저의 일그러진 얼굴과 싸움이라도 하듯이 노려보며 더욱 스산하게 중얼거렸다.

"오직 이 신검만이 악몽들을 죽일 수 있지. 그래서 그놈들이 이것을 빼앗으려고 하는 것이다."

풍옥빈은 물론 용장보현이나 당몽현은 이미 그런 사실을 알고 있는 듯했다. 그러나 황보강은 그렇지 않았다. 그가 깜짝 놀라 물었다.

"그게 정말입니까? 그 신검으로 악몽들을 죽일 수 있다고요?"

"흐흐, 그렇다. 이 검이야말로 그것들이 세상에서 유일하게 두려워하는 물건이지. 누구든 이 검을 잡으면 그것들의 천적이 된다."

"아! 그게 사실이라면 그 검이야말로 천하의 어떤 물건보다 귀한 보물이 틀림없군요."

"그렇다. 그런 보검은 천하에 용수신검으로 불리는 네 자루의 검이 있을 뿐인데 그중 한 자루를 내가 가졌으니 못마땅하다는 것이냐?"

"그럴 리가 있습니까? 유 대협은 마땅히 가져야 할 검을 가졌을 뿐이지요."

황보강이 잠시 침묵하더니 탄식하고 말했다.

"진작 그런 사실을 알았다면 그동안 힘들게 악몽이라는 것들과 싸울 필요가 없었을 것입니다. 나타나는 족족 베어버렸을 테니까요."

"흐흥, 너는 매우 자신있게 말하는구나. 과연 네 솜씨가 그럴 만할까?"

황보강이 대꾸하지 않고 풍옥빈에게 물었다.

"풍 형은 처음부터 검이 감추어져 있던 동굴을 알고 있었군요?"

풍옥빈이 빙긋 웃었다.

"호신의 부탁을 받았지."

그 한마디의 말속에는 많은 뜻이 내포되어 있었다.

황보강의 물음에 대한 대답은 물론, 그러면서도 제가 검을 탈취하지 않았던 이유와 호신에 대한 절대적인 믿음 등등이 함축된 말이었던 것이다. 그 말의 의미를 황보강만이 모두 알아들었다. 호신의 존재를 알지 못하는 용장보현이나 당몽현은 코웃음을 칠 뿐이다.

"이제 다 끝났지? 그럼 나는 가겠어."

당몽현이 제 손에 있는 검을 바라보고 유모량이 쥐고 있는 것을 바라보며 쓴 입맛을 다셨다. 아무리 생각해도 아까운 모양이다.

그가 유모량에게 눈을 부라렸다.

"늙은이, 내 사숙은 약속을 지킨 거야. 우리 육화문(六華門)이 거짓말쟁이들만 있는 곳이라고 욕하면 가만두지 않겠어. 알았지?"

유모량은 그런 말을 한 적이 없고, 그럴 생각도 없었다. 당몽현이 짐짓 윽박지르는 건 역시 그에게 건네준 한 자루의 보검에 대한 미련 때문이었다. 그것을 아는 유모량이기에 빨리 떨어지는 게 좋겠다고 생각할 수밖에 없다.

저 천둥벌거숭이 같은 놈이 언제 마음이 변해서 검을 도로 내놓으라고 떼를 쓰며 달려들지 모르지 않는가. 그렇게 되면 골치 아프다.

"나도 이만 가겠네. 다들 보중하시게."

풍옥빈과 용장보현에게 눈인사를 한 유모량이 도망치듯이 서둘러 자리를 떴다. 당몽현이 그가 사라진 곳을 향해 한껏 눈을 흘겼다.

"칫, 교활하고 재수없는 늙은이 같으니. 내가 줬던 걸 도로 빼앗는 치사한 놈인 줄 알아?"

주먹질을 해댄 당몽현이 황보강을 돌아보고 히죽 웃었다.

"오랜만에 마음에 드는 사람을 만났는데 안됐지 뭐냐. 내 생각이 나면 언제든지 양가산 육화봉으로 찾아와. 거기가 어던지는 알지?"

황보강이 손을 쥐고 흔들었다. 더할 수 없는 친근함의 표현이다.

"잘 알고 있지. 오갈 데 없는 신세가 되면 당 형에게 찾아가 신세를 지겠어."

"어허허허, 조밥에 산나물은 질리도록 먹여줄 수 있어. 도 닦으라는 소리도 하지 않을 테니 아무 때나 와서 눌러 살아도 돼. 어허허허—"

그가 손을 꽉 쥐고 마구 흔들어대는 통에 황보강의 몸마저 흔들거렸다.

그런 그들을 웃으며 바라보고 있던 용장보현이 비로소 말을 했다.

"참 이상하단 말이야. 당 시주님은 그렇게 생각하지 않으십니까?"

"뭐가?"

"잘 생각해 보세요. 이곳에 온 뒤로 당 시주님의 그 헛소리 하는 버릇이 싹 없어졌잖아요. 그것참……."

"응?"

당몽현이 비로소 그걸 깨달은 듯 주위를 두리번거리더니 제 가슴을 쿵쿵 두드렸다.

"그러고 보니 정말 이놈이 여태까지 찍소리도 없었네? 아니, 이놈이 갑자기 어디로 내빼 버린 거지? 고얀 놈."

서운해 못 견디겠다는 얼굴이 되어 투덜거렸다.

"그렇게 지겹도록 붙어 있을 때는 언제고, 이제는 소리도 없이 떠나 버려? 그동안 든 정도 있을 텐데 작별 인사 한마디도 없이 가버렸단 말이지? 나쁜 놈 같으니."

"아마도 그 검의 효험 때문이 아닐까요?"

"검……."

당몽현이 새삼 검을 바라보았다.

그는 비로소 제가 황보강과 함께 있을 때부터 제 안에 있던 그 귀찮은 존재를 느끼지 못했었다는 걸 깨달았다.

역시 검 때문일 것이라고 믿지 않을 수 없다.

황보강의 방 안에 신검 한 자루가 있었고, 제 안의 그놈은 검의 기운에 눌려 죽은 듯 잠자코 있었던 게 틀림없다. 그리고 이제는 제가 신검 한 자루를 이렇게 쥐고 있자 그놈은 더 견디지 못하고 달아나 버렸을 것이다.

"그렇다면 사숙은 검의 효능을 빌어 심마를 거뜬히 물리치겠군. 잘된 일이야."

당몽현이 불쑥 그렇게 중얼거렸다. 그는 언제부터인가 담사헌을 스스럼없이 사숙이라 부르고 있었다. 제 자신이 그걸 의식하지 못했고, 다른 사람들도 이상하게 여기지 않았다.

"제기랄, 그놈이 갑자기 사라지니 이거 심심하구만."

투덜거린 당몽현이 미련없이 돌아섰다. 무엇이 못마땅한 지 풍옥빈에게는 눈길 한 번 주지 않은 채였다. 황보강이 담사현에게 신검을 빌려주지 못하도록 방해했던 게 서운했던 모양이다.

"보물이 각자 주인을 찾아갔으니 소생도 더 이상 할 일이 없군요. 두 분, 보중하시기 바랍니다. 아미타불."

용장보현이 조금은 아쉽고 허전한 듯한 얼굴로 황보강과 풍옥빈에게 합장했다.

그들이 떠나는 걸 물끄러미 바라보던 풍옥빈이 말했다.

"너는 이제 어쩔 셈이냐?"

"풍 형은 무엇을 하실 작정입니까?"

"나는 호신을 기다려야지."

"아, 그것이 다시 온다고 했습니까?"

"호신이 너에게 말하지 않았더냐? 언젠가는 너에게로 돌아오겠노라고 말이다."

황보강은 호신의 그 말을 똑똑히 기억하고 있었다. 때가 되면 돌아와 마주하겠노라고 하지 않았던가. 네 손에 죽어주겠노라고 분명히 말했다.

그렇다면 스스로 죽기 위해서 찾아온다는 건데, 과연 그럴 수 있을까 하는 의문이 들지 않을 수 없다. 그러나 풍옥빈은 호신의 그 말을 단단히 믿는 모양이었다.

그가 의미심장한 눈길로 황보강을 바라보며 말했다.

"호신은 나에게 말했다, 네 손에 죽기 위해 돌아오겠노라고. 그러니 호신을 기다리려면 너와 함께 있어야겠지."

황보강이 빙긋 웃었다.

"그렇게 해준다면 소제에게는 큰 힘이 되겠지요."

"돌아가라."

"풍 형은 성으로 가지 않을 겁니까?"

풍옥빈이 등 뒤의 동굴을 가리켰다. 호신이 살았던 곳이고, 신검이 감추어져 있던 곳이다.

"나는 여기가 좋아."

그는 천호천산에 들어온 후 계속 그 동굴 속에 있으면서 검의 도를 궁리하는 한편 신검을 지키고 있었던 것이다. 황보강은 그가 호신의 역할을 대신하고 있는 것임을 짐작했다. 그렇다면 그는 제가 보았던 환상인 검은 호랑이의 화신이 된 것이라고 믿었다. 그게 장차 저에게 어떤 영향을 줄지 알 수 없으나 불안하지는 않았다.

황보강이 미련없이 돌아섰다. 풍옥빈은 여전히 성으로 저를 찾아올 것이고, 그렇다면 그가 어디에 기거하든 문제될 건 없다.

황보강이 마지막으로 산을 내려갔다.

두 개의 깊은 골짜기를 건너 마지막 봉우리 기슭을 돌자 저 아래 짙은 소나무 숲이 보였다. 그곳만 지나면 적송망과 그 위에 위풍당당하게 서 있는 적망대공 나하순의 성이 보인다.

천천히 소나무 숲에 들어선 황보강이 멈추어 섰다. 거기, 커다란 소나무 둥치에 기대어 선 한 사람이 있었던 것이다.

"아직 안 가셨군요?"

황보강이 의아하여 묻자 그 사람이 천천히 몸을 돌렸다.

용호보주 금검운보 유모량이었다.

그가 품에 한 자루의 용수신검을 소중히 안은 채 느릿느릿 다가와 황보강 앞에 섰다. 기색이 심상치 않다.

황보강이 본능적으로 위협을 느끼고 긴장하는데, 유모량이 처연하게 말했다.

"나는 돌아갈 곳이 없다."

"없다니요? 용호보가 있지 않습니까?"

"사냥꾼에게 쫓기는 짐승이 제 굴로 돌아갈 수 있겠느냐?"

황보강이 알 수 없다는 얼굴을 했다.

"그게 무슨 말입니까? 누가 유 대협을 쫓을 수 있단 말입니까?"

유모량의 목숨을 노리는 자가 있다는 건 상상할 수 없다.

유모량이 탄식과 함께 말했다.

"운명이지."

"아!"

그의 말이 너무 뜻밖이라 황보강은 깜짝 놀랐다. 유모량을 유심히 바라본다.

"누구나 그것에게 쫓기고 있지요. 하지만 유 대협이 말하는 건 다른 무엇인 것 같군요."

"그렇다네. 네가 말하는 그 악몽이고 어둠의 힘이지. 나는 그것으로부터 달아날 수가 없어. 이미 목에 올가미가 걸렸거든."

"뭐라고요? 유 대협도 그놈들에게 쫓기고 있단 말입니까?"

황보강으로서는 더욱 놀랄 수밖에 없는 말이었다. 유모량 또한 암흑존자에게 쫓기고 있다니 그렇다. 그럴 것이라고는 짐작조차 하지 못했다.

유모량이 이글거리는 눈으로 황보강을 바라보았다.

"그것으로부터 나를 구해줄 수 있는 사람은 너뿐이다."

"알 수 없군요. 저 또한 그놈들에게 쫓기는 처지라는 걸 유 대협은 이미 알고 있지 않습니까? 그런데 제가 어떻게 유 대협을 구해줄 수 있단 말입니까?"

"네가 가지고 있는 검, 그것을 나에게 주면 되지. 그러면 나는 살겠지만 그렇지 않으면 죽고 말 것이다."

"내 검은 이미 담 선배에게 빌려주지 않았습니까? 유 대협도 잘 알고 계실 텐데요?"

"너에게는 또 한 자루의 검이 있지 않으냐? 단조영이 두 자루의 검을 가지고 있었다면서? 그것을 너에게 모두 주지 않았느냐?"

2 신념을 가진 자

황보강은 유모량의 사정이 어떤 건지 알 수 없었다. 그러나 그가 신검을 절실히 원한다는 건 짐작할 수 있었다.

황보강이 한숨을 쉬었다.

"애석하게도 그가 제게 준 검은 한 자루뿐이었답니다. 그리고 그는 다른 한 자루의 검과 함께 사라져 버렸으니 어쩔 수 없군요."

"아니, 나는 그 말을 믿지 않아."

유모량이 확신한다는 듯 말했다.

"그가 검을 가지고 네 안으로 들어갔다는 걸 어찌 믿을 수 있단 말이냐? 누구도 그 말을 믿지 않을 것이다."

"하지만 사실입니다."

황보강이 다시 한숨을 쉬었다.

누가 들어도 터무니없는 말일 것이다. 그러나 사실이 그렇지 않은가. 그걸 설명할 수도 없고, 증명해 보일 수는 더욱 없으니 답답할 뿐이다.

유모량이 손을 내밀었다.

"나머지 한 자루의 검이 아직 너에게 있다고 믿는다. 이제 그것을 나에게 줘. 그러면 나도 살고 너도 살 수 있지만 그렇지 않으면 우리 중 한 사람은 반드시 죽어야 할 것이다. 설마 그렇게 되기를 바라지는 않겠지?"

이글거리는 그의 눈을 보면서 황보강은 그가 검을 빼앗기 위해서 저를 죽일 수도 있다는 걸 알았다. 하지만 없는 검을 어찌 줄 수 있을 것이며, 있다고 한들 이런 위협에는 굴복할 수 없는 일 아닌가. 그건 자존심이 허락하지 않는다.

황보강이 허리를 곧게 펴고 가슴을 내밀었다.

"믿지 않아도 할 수 없는 일이지요. 어쨌거나 나에게는 검이 없고, 있다고 해도 아무 영문도 모르는 채 그걸 유 대협에게 드릴 수는 없습니다."

유모량의 눈에 살기가 어른거렸다. 그러나 황보강은 꿈쩍도 하지 않았다. 조금도 두려워하지 않는다.

유모량이 품에 안고 있는 신검의 검 자루를 만지작거렸다. 갈등하는 것이다.

그는 지금 황보강이 몸에 신검을 지니고 있지 않다는 걸 알았다. 그렇다면 어디엔가 감추어두고 있을 것이다.

그가 탄식과 함께 검 자루에서 손을 떼고 말했다.

"어쩔 수 없이 나는 네 곁에 붙어 있어야겠군. 신검을 찾을 때까지 말이다."

"아무리 그래도 소용없는 일입니다."

"그건 두고 봐야 알 일이지."

"마음대로 하십시오."

황보강은 불쾌한 감정이 생겼지만 내색하지 않았다. 돌아서서 내려가기 시작하자 유모량이 거리를 두고 그를 뒤따랐다.

황보강은 그가 정말 그림자처럼 저를 감시한다면 여간 귀찮은 일이 아닐 것이라고 생각했다. 그러나 그를 쫓아낼 수도 없으니 할 수 없는 일이라고 포기했다. 언젠가는 그가 사실을 알고 스스로 떠나주기를 바랄 수밖에 없다.

"석 달만 네 신세를 지고 있겠다."

성에 돌아와서 황보강의 숙소까지 따라온 유모량이 천연덕스럽게 말했다.

"마음대로 하십시오."

"석 달 뒤에 담사헌이 약속대로 검을 가지고 돌아와 돌려주기를 바라야 할 거야."

"내가 그 검을 유 대협에게 주지 않는다면 어쩌실 겁니까?"

"그러면 너를 죽이고서라도 빼앗아갈 수밖에 없지. 하지만 그렇게 되지 않기를 진심으로 바란다."

"하하, 모든 게 유 대협의 뜻대로 이루어지기를 바랄 뿐입니다."

황보강이 비웃음을 던지지만 유모량은 노하지 않았다. 자신의 처지를 한탄하는 듯 처연해졌을 뿐이다.

그를 딱하다는 듯 바라보던 황보강이 물었다.

"대체 유 대협은 그 두 자루의 검을 어디에 쓰려는 것입니까?"

"암흑존자에게 주려는 것이지."

"뭐라고요?"

황보강이 깜짝 놀랐다.

"두 자루의 신검을 얻어 그에게 주기 위해 이곳에 왔단 말입니까?"

"그렇다."

"허!"

황보강은 기가 막혔다. 그에게 두 자루의 신검이 있어야 할 피치 못할 사정이 있으리라는 건 짐작했지만 설마 암흑존자에게 그것을 주기 위해서였으리라고는 꿈에도 생각하지 못했던 것이다.

"그 추악한 늙은이와 어떤 거래를 한 겁니까?"

황보강의 말투에 감출 수 없는 적의가 묻어났다. 유모량은 그래서 의아하게 그를 바라보았다.

"너는 암흑존자가 두렵지 않단 말이냐? 그렇게 말하다니?"

"흥, 그까짓 교활한 쥐새끼 같은 늙은이가 두렵다면 이 세상에 두렵지 않은 게 없을 것입니다."

"허!"

이번에는 유모량이 기가 막힌 듯 입을 딱 벌렸다. 그리고 확인하듯 묻는다.

"그가 운명을 관장하고 삶과 죽음을 손아귀에 쥐고 흔드는 존재라는 걸 정녕 모른단 말이냐?"

"흥, 그따위 늙은이가 관장하는 운명이라면 보나마나 빌어먹을 하찮은 것이겠지요. 그런 것에는 신경도 쓰지 않습니다."

"죽음은?"

"그 늙은 추물이 내 목숨을 탐내는 건 사실입니다."

"그가 너를 탐낸다고?"

의외라는 듯 유모량의 눈이 더욱 커졌다.

"그 늙은이는 저를 제 손에 넣은 뒤 절망이라는 걸로 만들겠다고 하더군요. 그래야 십삼악이 완성된다니 웃기는 소리 아닙니까?"

"무엇이? 그가 너를 십삼악의 우두머리인 절망으로 만들겠다고 했단 말이냐?"

"엇? 유 대협도 십삼악에 대하여 알고 있었군요?"

"이런, 이런!"

유모량이 거듭 탄성을 터뜨렸는데, 그의 얼굴은 어느새 심각해져 있었다.

"잘 알지, 그가 십삼악을 완성하는 날이 바로 천하가 어둠의 세력에 넘어가는 날이라는 걸."

"유 대협이 그 일을 알고 있다니 의외로군요. 하지만 그 말을 정말 믿는 건 아니겠지요?"

"아니, 나는 믿는다. 암흑존자라면 능히 그렇게 할 수 있는 능력을 가지고 있지."

"하하, 그 늙은이에게 단단히 홀리셨군요."

"너는 정말 암흑존자가 두렵지 않단 말이냐?"

황보강의 기억 속에서 암흑존자는 음습한 뇌옥 안을 오가며 저를 희롱하고 괴롭히던 요악하고 추괴한 늙은이일 뿐이었다. 그에게 어둠을 다스리는 힘이 있다는 걸 믿을 수 없었다.

비록 그가 열두 명의 악의 화신을 장군으로 거느렸고, 십만 명이나 되는 악몽을 수하로 부리고 있으며, 죽은 자도 다시 살려내는 신통한 능력을 지녔다는 걸 보고 느꼈지만 절대로 인정할 수 없었다.

그런 자가 신과 같은 존재라면 땅 위와 하늘에 있는 신들은 죄다 빌어먹을 것들이라고 경멸할 수밖에 없으리라.

그건 황보강의 오기이고 신념이었다. 절대로 암흑존자 따위에게 굴복하지 않겠노라는 대단한 집념이자 각오였는데, 황보강은 그것이 바로 광명에 대한 신념이고 대정지기(大正之氣)라는 걸 의식하지 못하고 있었다.

그는 자신의 안에 이미 커다란 광명의 기운을 담아두고 있었던 것이다. 스스로 느끼지 못할 뿐이다.

그렇기에 암흑존자가 그처럼 그를 탐내고, 나운선인이 그에게 희망을 걸고 있었지만 그건 그들의 일이었다.

잠시 무엇을 생각하던 유모량이 심각한 얼굴로 말했다.

"너는 정말 암흑존자의 제안을 받아들일 생각이 없단 말이냐?"

"없습니다."

황보강이 일고의 가치도 없다는 듯 즉시 단호하게 말했다. 유모량이 탄식한다.

"그의 십삼악 중 제일좌인 절망이 된다면 장차 천하가 암흑존자의 수중에 떨어졌을 때 그 영광은 존자 다음이 될 것이다. 불사불멸의 몸이 될 뿐 아니라 세상의 모든 권세와 영광을 손에 쥐게 되지. 암흑존자는 이미 신이 되어 이 땅의 일에 관여하지 않을 테니 그때는 모든 게 너의 손에 들어가게 될 텐데 그래도 싫단 말이냐?"

"그래 봐야 무엇 하겠습니까?"

“어째서? 어째서 그게 아무 가치도 없는 일인 것처럼 말하지?”

“본령은 절망이 되는 것 아니겠습니까? 아무리 큰 권세와 영광을 쥐고 세상을 쥐락펴락한다고 한들 결국 절망하게 될 텐데 거기에 쥐꼬리만 한 가치라도 있겠습니까? 절망에는 어떤 기쁨도 행복도 없고, 성취감도 없을 테니 죄다 소용없는 일일 뿐이지요.”

“아!”

유모량이 놀란 얼굴로 탄식을 하더니 그 자신이 절망이 된 것처럼 온통 어둡고 비탄에 잠겨서 말했다.

“네 말이 옳다. 절망이 있을 뿐 기쁨도 행복도 없다면 신과 같은 위세와 권력을 쥔다 한들 무엇이 소중하겠는가.”

“그런데 유 대협께서 그 요악한 늙은이에게 두 자루의 신검을 가져다 바치려는 이유는 무엇입니까?”

“그래야 그가 내 생명을 십 년 더 연장시켜 줄 것이기 때문이지.”

유모량이 순순히 자신의 비밀을 털어놓았다.

황보강과 대화하는 중에 그에게는 마음을 열어놓고 솔직하게 말하는 게 옳은 일이라는 생각이 들었던 것이다.

황보강이 빙긋 웃었다.

“이제 보니 유 대협께서는 그 늙은이의 수중에 단단히 붙잡혔군요?"

"아, 그게 내 운명이란다."

어쩔 수 없는 일이라는 듯 한탄하는 유모량은 늙어서 초라해진 노인에 지나지 않았다. 어디에도 세상을 호령하던 당당함과 강호를 오시하던 패기를 찾아볼 수 없다. 황보강은 그게 안타까웠다.

"그렇지 않습니다. 유 대협이 그 늙은이에게 스스로를 맡겨 버린 채 체념하고 있기 때문에 그의 포로가 된 것입니다."

"뭐라고?"

"그에게 저항하고 그의 간계를 받아들이지 않는다면 그는 유 대협을 어떻게 하지 못할 것입니다. 심지가 굳건한 자에게 귀신이 달라붙지 못하는 것과 같은 이치이지요. 내 의지와 광명으로 버티고 서 있는데, 그까짓 늙은이가 어찌 달려들어 해칠 수 있겠습니까?"

"너는, 너는… 암흑존자의 무서움을 알지 못해서 그런 말을 하는 것이다."

길게 탄식하는 유모량을 보며 황보강이 결연하게 말했다.

"그의 무서움이란 그가 가지고 있는 어둠의 힘 때문이겠지요. 내가 가지고 있는 광명의 힘이 흔들리지 않을 만큼 단단하다면 그때는 암흑존자가 오히려 나를 무서워하게 될 것 아니겠습니까? 그가 나운선인을 무서워하고 꺼리는 게 바로 그런 이유에서일 것입니다."

"나는 스스로 나운선인과 같은 도를 이룰 수 있을 것이라고 믿는단 말이냐?"

"선인의 도가 별거이겠습니까?"

"그게 무슨 소리인가?"

유모량이 어리둥절해서 바라보았다. 그의 말이 철없는 아이의 허풍처럼 들릴 뿐이다.

"나는 선인처럼 앞날을 내다보고 운명을 관장하는 능력에는 도달할 수 없겠지만 적어도 내 신념이 옳다는 걸 판단할 수 있고, 그것을 굳게 지킬 자신은 있습니다. 그러면 충분하지 않을까요?"

"죽음마저도 두려워하지 않으면서 말이지?"

"내가 신념을 단단히 움켜쥐고 있는데 죽음인들 그것을 빼앗아갈 수 있겠습니까? 그러니 암흑존자는 더 말할 것도 없지요."

"대단하군, 대단해!"

유모량이 진심으로 감탄했다.

"너의 그와 같은 의기와 굳센 마음은 강호의 어떤 고수보다 높을 것이다. 그러니 신념에 있어서 너는 이미 천하제일이라고 해도 되겠어."

3 파탄의 전조

황보강은 더 이상 유모량의 존재에 대하여 신경을 쓰지 않는 것 같았다.

성으로 돌아온 뒤에도 유모량은 그림자처럼 황보강 곁을 지키고 있었는데, 감시하는 게 틀림없었다. 그러나 황보강은 든든한 호위 한 명을 두었다고 생각했다. 그러자 그가 귀찮거나 밉지 않았다. 신경 쓰지 않고 제 일을 할 뿐이다.

며칠이 지났고, 유모량은 혼란해졌다. 황보강이 점점 커 보였기 때문이다. 그의 대범함 앞에서 자신의 존재는 초라해져 갈 수밖에 없었다.

유모량은 세상에서 누가 감히 나에게 그런 기분이 들게 할 수 있겠는가 하고 생각해 보았다.

아무도 없다.

이 넓은 천하에서 자신을 두려워하지 않는 자가 없고, 제가 마음을 먹어서 이루지 못할 일이 없다고 자부했다. 그러나 황보강과 함께 있는 시간이 길어질수록 그런 자부심은 희석되어 갔다.

유모량의 늙은 가슴속에 질투와 노여움이 불타올랐다. 감히 저놈이 나를 무시하다니 하는 생각이 들면 당장 죽이고 싶었다.

하지만 그럴 수 없는 제 처지가 원망스럽기도 했기에 더욱 노여움이 쌓여갔다.

그리고 또 며칠이 지났을 때, 적망대공의 성이 술렁거렸다.

한 사람이 찾아왔기 때문이다.

그 사람을 보았을 때 황보강은 크게 놀라 낯빛이 굳어졌고, 그 사람 또한 놀라고 당황하여 얼어붙은 듯이 굳어버렸다.

그래서 적망대공 나하순의 저택에 있는 화려한 접견실이 한순간에 얼음 굴처럼 냉랭하게 경직되었다.

"두 사람은 서로 아는 사이였나?"

나하순이 수상하다는 눈길로 황보강과 그 사람을 번갈아 바라보며 물었다.

나하순의 성에 찾아온 그 사람은 청화륜(靑和倫)이었다.

황보강을 바라보는 그의 얼굴이 수시로 변하더니 끝내 무시무시하게 일그러졌다.

두 눈에서 분노와 증오의 불길이 화르르 뿜어져 나오는 것 같다.

황보강이 슬며시 그의 눈길을 피해 고개를 숙였다.

"이놈!"

청화륜이 짐승처럼 소리치며 벌떡 일어섰다. 허리에 차고 있는 검을 움켜쥔다.

"아하하하—"

눈을 뒤룩거리며 두 사람을 지켜보고 있던 나하순이 박장대소했다.

청화륜이 달아오른 얼굴로 거친 숨을 씩씩 내쉬었고, 황보강은 묵묵히 고개를 숙이고 있을 뿐이다.

"이런, 이런. 두 사람 사이에 해결하기 힘든 원한이 있다는 걸 내가 잠시 잊었지 뭔가."

나하순이 느끼한 미소를 지으며 손을 내밀어 청화륜의 옷자락을 잡아당겼다.

"자, 자, 그때의 일은 두 사람이 따로 만나 논하기로 하고, 오늘은 참는 게 좋겠소이다."

청화륜이 여전히 분한 숨을 내쉬지만 마지못한 듯 자리에 다시 앉았다.

황보강의 얼굴은 여전히 굳어 있었다. 주먹 쥔 손을 무릎에 놓은 채 고개를 숙이고 침묵하기만 한다.

나하순이 느긋하게 말했다.

"이 자리는 공적인 자리요. 그러니 내가 두 사람을 다시 소개해 주지 않을 수 없지. 자, 저쪽은 나의 수신호위인 황보 장사라오. 이보게, 이쪽은 비록 지금은 망명객이 되어 떠돌고 있으나 한때 청오랑국의 황태자라는 지고한 신분에 있던 분이네. 나에게 몸을 의탁하고 거사를 논의하기 위해서 찾아온 귀빈이기도 하지. 그러니 무례해서는 안 되네."

익히 알고 있는 일을 새삼 들먹이며 거창하게 소개하는 그의 말에서 황보강은 심한 모욕감을 느꼈다. 자신은 물론 청화륜을 의도적으로 조롱하고 있다는 생각이 든 것이다. 그렇지 않고서야 두 사람 사이의 일을 잘 알고 있는 그가 이렇게 한자리에 불러놓고 태연하게 지껄일 리가 없다.

청화륜의 얼굴도 수치와 노여움으로 달아올랐지만 나하순은 개의치 않았다.

"당분간 태자께서는 우리 성의 귀빈으로 머무실 거라네. 그러니 자네가 특별히 신경을 써서 태자의 안전을 지켜주었으면 좋겠네. 그 당부를 하려고 내가 자네를 부른 것이야."

"명심하겠습니다."

황보강이 고개를 숙였다. 그는 얼른 이곳을 나가고 싶기만 할 뿐 다른 아무것도 생각하고 싶지 않았다.

나하순이 이번에는 청화륜에게 말했다.

"이곳이 작은 성이라 답답하겠지만 여기만큼 안전한 곳도 또 없을 터. 태자께서는 잘 찾아오신 거요. 하하하—"

황보강은 의문을 느꼈다.

그가 대체 이 외진 곳까지 왜 찾아왔단 말인가. 그것도 수행하는 종자 하나 없이 고단한 나그네의 몰골을 하고 홀로 왔으니 처량하기 짝이 없다.

영화롭던 처지가 지금은 거리의 부랑자와 다름없이 몰락

해 있으니 가슴이 짠하기도 했다.

그를 맞이하고 저렇게 오만무례한 태도를 보이는 나하순의 속셈도 궁금했다.

태자에 대한 연민 때문에 그를 성에 두기로 했다면 나하순의 너그러움을 칭찬해 주어야 할 일이다. 하지만 그렇다면 저렇게 오만을 떨지는 말아야 할 것 아닌가.

황보강은 그가 태자를 받아들인 데에는 다른 속셈이 있는 모양이라고 짐작했으나 그걸 지금 물어볼 수는 없었다.

더구나 그는 태자와 거사를 논한다고 했다. 그 말에 일말의 불안감마저 느꼈지만 그것 또한 물어볼 수 없다.

도망치듯 나하순의 거처에서 나오면서 황보강은 심경이 착잡하기 짝이 없었다.

하필 청화륜이 이곳에 찾아와 몸을 의탁하려고 했단 말인가 하는 원망도 생긴다.

사정이야 어쨌든 자신은 그의 눈앞에서 부모와 자식을 살해한 자 아닌가. 비록 그것이 대의를 위해서였다고 해도 청화륜의 입장에서는 결코 용서할 수 없는 짓이 틀림없다.

"하— 곤란하게 되었구나."

황보강이 멈추어 서서 하늘을 보고 길게 탄식했다.

"너는 이제 어떻게 처신하려느냐? 그는 반드시 너를 죽이려고 할 텐데."

뒤에서 그를 지켜보던 유모량이 떠보듯이 물었다. 황보강이 돌아보지도 않고 대꾸했다.

"그에게는 지은 죄가 있으니 양보할 수밖에 없지요."

"그가 칼을 치켜들면 얌전히 목을 디밀겠단 말이냐?"

"그전에 그의 마음을 돌이키기 위해서 노력해 보아야지요."

"너 같으면 그 원한을 잊을 수 있겠느냐?"

어려울 것이다. 아니, 죽어도 잊을 수 없다.

그러니 아무리 노력해도 청화륜의 마음을 돌이킬 수 없을 것이라는 절망적인 심정이 되었다.

그를 죽여 버리면 간단하다. 그러나 황보강은 차마 그렇게까지 해서 제 한 몸의 편안함을 찾고 싶지는 않았다.

다시 탄식한 그가 천천히 걸음을 옮겨 떠나갔다.

"빌어먹을 돼지 같으니."

그날 밤, 성에 들어온 풍옥빈이 전후 사정을 듣고는 먼저 그렇게 나하순을 욕했다.

"성주는 욕심이 더해져서 이제는 제 스스로도 걷잡을 수 없을 지경에 처했으니 반드시 큰일을 저지르고 말 것이다. 너는 마음의 준비를 단단히 하고 있어야 해."

"그가 무슨 일을 저지른단 말입니까?"

“그거야 알 수 없지. 하지만 머지않아 그로 인해서 한바탕 난리가 벌어지고 애꿎은 사람들이 무수히 죽어나갈 게 분명해.”

잠시 무엇을 생각하더니 중얼거렸다.

“어쩌면 잘된 일인지도 모르지. 언젠가는 와야 할 일이 앞당겨 온 것일 수도 있으니까.”

황보강은 풍옥빈의 중얼거림을 이해할 수 없었다. 하지만 굳이 묻지 않는 건 그의 심중이 깊고 어둡다는 걸 알기 때문이다.

풍옥빈은 언제나 예리한 통찰력을 가지고 앞일을 내다보는 사람이었다. 황보강은 이제 그의 말 한마디 한마디를 허투로 들을 수 없었다.

“태자 또한 안심할 수 없는 사람이다.”

풍옥빈이 그렇게 말했을 때 황보강은 그저 씁쓸한 미소를 짓고 말았다.

풍옥빈이 정색을 했다.

“너는 그에 대하여 미안한 마음을 가질 것 없다. 운명이 너를 그렇게 이끈 것이고, 전쟁이 너에게 그런 상황을 강요했을 뿐, 네 의지로 한 일이라고 볼 수 없지. 신성대제를 죽임으로 해서 일천 명이나 되는 백성의 목숨을 구했으니 오히려 공덕을 쌓은 것이라고 해야 하지 않겠느냐?”

그가 자신을 위로하는 말을 하건만 황보강의 마음은 편치 않았다. 청화륜이 성에 들어오고 나서부터 그때의 일이 더욱 마음에 걸리기만 했다.

황보강이 한숨을 쉬었다.

"풍 형의 말이 다 옳다고 해도 역시 저는 그에게 인간으로서 하지 못할 일을 했습니다."

풍옥빈이 몇 마디 말로 더 위로했으나 황보강의 얼굴은 펴지지 않았다.

혀를 찬 풍옥빈이 날이 밝기가 무섭게 산으로 돌아갔고, 황보강은 저의 숙소에서 좀체 바깥으로 나오려 하지 않았다. 혹시라도 청화륜과 마주치게 될까 봐 두려웠던 것이다.

성안의 분위기가 심상치 않아졌다. 어제부터의 일이었다.

숙소에 칩거하고 있었지만 담 너머에서 들려오는 병사들의 발소리와 구령 소리, 말들의 투레질하는 소리에서마저 멀어진 건 아니다.

황보강은 외곽에 있던 병사들이 왜 성안으로 들어왔는지 궁금했다.

호령하고 있는 저 걸걸한 음성의 주인을 안다.

그는 외성에 주둔하고 있는 천인대의 대장인 호장충이라는 자다. 힘이 장사이지만 미련하고 둔한 자이기도 하다.

그자가 자신의 병사들을 이끌고 내성으로 들어오는 일은 내성에 변고가 생겨 성주의 명을 받았을 때뿐이다.

그런데 이렇게 이른 아침부터 그자의 쉰 듯한 목소리가 내성 안에 쩡쩡 울리고 있으니 궁금하지 않을 수 없다.

만약 성주의 신변에 이상이 생겼다면 호위인 자신을 부르지 않을 리가 없다. 하지만 나하순으로부터는 아무런 기별도 없으니 더욱 알 수 없다.

이런저런 생각들이 들끓어 궁금해하던 황보강이 기어이 밖으로 나갔다.

지나가는 성병 한 명을 붙들고 묻자 그가 고개를 갸우뚱거리며 대답했다.

"소인도 모르는 일입지요. 성주께서 갑자기 내성으로 들어와 방비를 하라는 명을 내리셨지 뭡니까?"

"갑자기?"

"더 알고 싶으시다면 다른 사람을 찾아 물어보셔야 할 겁니다. 소인 같은 말단 보졸이 뭘 알겠습니까?"

황보강이 그를 보내주고 나서 잔뜩 낯을 찌푸렸다.

이렇게 된 이상 스스로 알아볼 수밖에 없다고 여긴 그가 천천히 성주 나하순의 거처를 향해 갔다.

4 포로

나하순이 청오랑국의 황태자를 포로로 잡았다.

그 소문이 온 성을 뒤흔들었고, 멀리까지 퍼져 나갔다.

황보강은 기가 막혔다.

청화륜이 이 성으로 찾아온 건 나하순을 그만큼 믿어서였을 것이다.

신성대제가 청오랑국을 다스리고 있던 시절에 그가 보여주었던 충성을 기억한다면 충분히 그럴 만하다.

그러나 지금은 대황국의 치세가 아닌가.

나하순이 사량격발로부터 대공이라는 칭호를 받은 걸 조금만 생각했다면 결코 그에게 찾아와 몸을 의지하려는 생각을 하지 않았을 것이다.

"바보 같은 녀석이었군."

그래서 황보강은 그의 어리석음을 한탄하는 한편, 갈등하지 않을 수 없었다.

나하순은 황태자를 대황국의 도성으로 보낸다고 했다. 그 일로 사량격발의 신뢰는 더 깊어질 것이다.

황보강은 그가 외성의 병사들을 갑자기 내성으로 불러들인 게 혹시라도 있을지 모르는 황태자의 옹호 세력이 반발하는 걸 사전에 차단하기 위해서였다는 걸 알았다.

"겁쟁이 같으니."

나하순의 처사와 함께 의심 많은 그의 심보에도 불만이 생겼다.

"어쩌면 잘된 일인지도 몰라."

유모량이 그렇게 말했다.

"그가 너 대신 혹 하나를 떼어주는 것 아니겠느냐? 이런 걸 두고 손대지 않고 코 푼다고 하는 거지."

"차도살인이라는 말이 더 어울리겠지요."

"흘흘, 그렇기도 하지."

황보강은 사량격발이 청화륜을 석방하던 그날을 기억하고 있다. 그는 청화륜을 비웃으며 다시 잡혀온다면 그때는 죽이겠노라고 하지 않았던가.

그러므로 청화륜은 이번에 도성으로 압송되어 가면 절대로 살아나지 못할 것이다. 한껏 놀림감이 된 다음에 모두가 지켜보는 앞에서 목이 잘려 성문 위에 높이 걸릴 게 틀림없다.

'잘된 일이지. 안 그래? 그는 살아 있어봐야 너에게 조금도 도움이 되지 않는 존재야. 기회만 오면 네 목에 칼을 찔러 넣으려고 벼를걸? 그러니 이번 기회에 죽게 내버려 두는 게 좋아. 사량격발이 그를 죽이는 거니 누구도 너를 비난하지 않을 것 아니겠어?'

황보강의 마음속에 그런 속삭임이 들려왔다.

"내버려 둬."

소식을 듣고 급히 산에서 내려온 풍옥빈도 대뜸 그렇게 말했다.

"살아 있어봐야 아무 쓸모 없는 얼간이에 지나지 않다. 오히려 귀찮기만 할 뿐이지."

그럴 것이다.

황보강도 그 말에 동의했다.

지금 세상에서 청화륜은 있어도 그만, 없어도 그만인 존재였다. 더 이상 그를 따르는 자도, 신뢰하는 자도 없다. 살아 있어봐야 스스로의 신분을 감추고 어디 이름없는 산골에라도 처박혀 농사나 지으며 살아야 할 것이다.

그게 가장 현명한 일이련만 청화륜의 가슴속에는 아직 지난 영화에 대한 미련이 남아 있으니 안타까운 일이기도 하다.

그가 그처럼 세상에 대한 미련을 버리지 못하고 있는 이유는 복수심 때문인지도 모른다.

황보강은 그가 힘을 얻어 군사를 일으키려는 것이라고 생각했다. 대황국을 멸망시켜 선친과 가족의 복수를 하려는 것이다.

그렇다면 그 속에는 황보강 자신도 포함되어 있다는 걸 잘 안다.

그러나 청화륜에게는 그런 복수심만 있을 뿐, 대업을 이룰 만한 역량이 없었다. 그러니 분수를 모르고 날뛰는 어리석은 자라는 소리를 들을 수밖에 없다.

황보강은 제가 어떻게 해야 할지 선뜻 결정할 수 없었다.

적망대공은 적어도 일천 명의 완전무장한 병사들로 하여금 청화륜을 가둔 수레를 호위하게 할 것이다.

저 혼자서 그들을 물리치고 청화륜을 구출해 낸다는 건 불가능하다.

결국 그가 대황국으로 끌려가는 걸 구경만 하고 있을 수밖에 없지 않은가.

태자를 압송할 병사들이 떠나기 전날 밤, 황보강은 자신의 숙소로 그들의 대장인 천인장 호장충을 초대했다.

먼 길을 떠나는 호장충을 위로한다는 명분으로 만든 자리였기에 호장충은 아무 의심 없이 찾아왔다.

그는 태생이 무식하고 무지한 자였다. 한때는 산채를 틀고 산적들의 괴수 노릇을 하다가 나하순에게 투항하여 그의 장수가 된 자다.

타고난 힘이 황소와 줄다리기를 할 만하지만 그것뿐이었다. 전략도 전술도 알지 못했고, 전장에서 부하들을 어떻게 통솔해야 할지는 물론 진설법도 몰랐다.

우직하고 용맹하나 그렇다고 충성심이 있는 자도 아니었

다. 한마디로 여전히 산적질이나 하고 있으면 그런대로 이름을 떨칠 그런 자였던 것이다.

그런 자가 나하순의 휘하에 들어와 천인장이라는 장수의 자리에 앉고 나자 거드름과 위세가 하늘을 찌를 듯했다.

그런 그였지만 황보강의 초대를 감히 뿌리치지는 못했다.

그건 황보강의 명성을 그 또한 귀가 야프게 들었고, 성주가 그를 어떻게 대접하는지 잘 아는 터라 감히 무시할 수 없었기 때문이다.

해가 지자 호장충이 세 명의 부장을 거느리고 잔뜩 거만을 떨며 찾아왔다. 담 밖에서부터 갑주 쩔그렁거리는 소리가 요란하게 울렸다.

문 앞에서 그를 맞이한 황보강은 웃음을 애써 참고 있었다. 호장충은 갑주에 온통 이상한 쇠붙이들을 매달고 있었다. 그래서 그가 움직일 때마다 쩔그렁거리는 요란한 소리가 났던 것이다.

그의 그런 모습은 마치 기원문(祈願文)을 온몸에 덕지덕지 붙이고 있는 괴이한 불상을 보는 것 같았다.

저런 꼴을 해가지고는 언제나 적의 가장 좋은 표적이 될 것이다. 어디에 있든지 그 기이하게 쩔그렁거리는 쇳소리를 들으면 적의 궁수들은 좋다고 그에게 활을 겨눌 것 아닌가.

"호 장군, 이렇게 와주어서 고맙소."

황보강이 웃음을 참으며 인사하자 호장충이 거만한 얼굴로 고개를 끄덕였다.

"황보 장사께서 송별연을 마련했다는데 소장이 어찌 와보지 않을 수 있겠소?"

"자, 그럼 안으로 드십시다."

"허허허, 그러잖아도 지난 낮부터 술 생각이 나 견디기 힘들었는데 잘되었소이다. 술은 많이 있겠지요?"

"이를 말이요? 열 항아리나 준비했으니 밤새 마셔도 부족함이 없을 거외다."

"으허허허, 어서, 어서 들어갑시다."

호장충이 입맛을 다시며 세 명의 부장과 함께 성큼 안으로 들어갔다.

넓은 정청에는 과연 진수성찬이 넘쳐나도록 차려져 있었다. 산과 바다와 들에서 나는 온갖 짐승들의 고기며 귀한 과일과 야채가 고루 갖추어져 있으니 산해진미라는 말이 무색할 지경이다.

그 화려하고 정갈하며 풍요함이 지나쳐 호사스러워 보이는 상차림에 호장충이 눈을 휘둥그레 떴다. 그로서는 생전 처음 보는 상차림이었던 것이다.

"아니, 이 많은 걸 언제 준비하셨단 말이오?"

황보강이 그에게 상석을 권하며 말했다.

“그전부터 호 장군과 친분을 나누고 싶었는데 마땅한 핑겟거리가 없어서 초대하지 못하고 있었지요. 오늘 마침 송별의 자리가 만들어졌으니 어찌 소홀히 할 수 있겠소? 많은 돈을 들이고 공을 들여 마련한 음식이고 술이니 마음껏 드시오.”

호장충이 손을 휘두르며 상석을 사양했다.

“나도 알 만한 건 아는 사람이외다. 객이 주인을 제치고 상석에 앉는 일은 예의가 아니지 않소?”

황보강이 다시 권했는데 정중한 태도였다.

“원래 귀빈을 청하면 주인은 기꺼이 상석을 양보하는 법이라오. 그러니 사양하지 마시오.”

“그래요? 그렇다면 염치불고하겠소이다.”

호장충이 귀빈이라는 말에 귀밑까지 걸린 입을 헤벌쭉거리며 쿵쿵 걸어 상석에 좌정했다. 어깨를 펴고 우쭐거리는 것이 눈꼴실 정도였다.

황보강이 웃으며 세 명의 부장에게도 자리를 권하고 비로소 호장충을 마주하여 앉았다.

호장충은 황보강에게 호탕하게 보이려는 건지, 아니면 정말 배가 고프고 술에 목이 말랐던 건지 주저하지 않고 먹고 마셔댔다.

커다란 상에 가득 차려졌던 음식들이 지저분해졌고, 다섯 항아리의 술이 비워졌을 때쯤에야 그가 만족한 듯이 느긋한 얼굴로 물러앉아 손을 씻었다.

게슴츠레해진 눈으로 황보강을 건너다보며 혀 꼬부라진 소리를 했다.

"꺽, 잘 먹고 마셨소이다. 꺽, 황보 장사의 이 환대를 잊지 못할 것이오. 꺽, 이번 호송 건을 무사히 마치고 돌아오면 그 때는 내가 한턱 크게 내리다. 꺽—"

"소생이 호 대장에게 작은 부탁을 하나 드리려고 하는데, 괜찮겠소?"

"부탁?"

호장충의 눈이 음침해졌다. 네가 그런 꿍꿍이속이 있을 줄 알았다는 듯이 취중에도 음침한 웃음을 흘리며 눈을 반짝였다.

"그래, 황보 장사가 나 같은 자에게 할 부탁이라는 게 뭐요? 내 힘이 닿는 일이라면 기꺼이 들어드리리다."

황보강이 넌지시 그를 떠보았다.

"호 대장도 익히 알고 있겠지만 나는 한때 청오랑국의 무장으로서 은덕을 입었다면 입었던 몸이라오."

"알지. 황보 장사가 참장이었다는 걸 이 성 중에서 모르는 사람이 없다오."

"그래서 신성대제의 아들이자 청오랑국의 황태자였던 청화륜이 사로잡혀 대황국으로 압송되어 간다는 일이 마음에 걸리는구려. 호 대장이야 청오랑국과 아무 인연도 없으니 아무렇지 않을지 몰라도 말이오. 대의를 배우고 대의를 위해 전장에서 피 흘려 싸웠던 나로서는 애석한 일이라오."

황보강은 인연과 대의라는 말에 힘을 주었다. 과연 호장충이 호기를 부렸다.

"대의라면 이 나의 가슴속에도 하나 가득 들어 있지. 영웅호한치고 대의를 품지 않은 자가 어디 있겠소?"

제 가슴을 탕탕 두드리는 것이 제가 무슨 커다란 영웅이요, 호한이기라도 하다는 것 같았다.

"비록 내가 한때 산적질을 해서 먹고살았다고 해도 처자식을 건사할 다른 방법을 알지 못해서 그랬을 뿐이오. 그러나 이 가슴 깊은 곳에는 언제나 대의를 품었다오. 죄없는 민초들은 건드리지 않았지. 언제나 뱃대지에 기름기 낀 부자 놈들과 싸가지없는 관원 놈들의 재물만 털었다오. 정 할 수 없는 경우를 제외하고는 인명을 해치는 일도 삼갔으니 이만하면 내게도 대의가 있다고 할 수 있지 않겠소?"

"과연, 과연. 듣던 대로 호 대장은 호기가 넘치는 사나이 중의 사나이요."

황보강이 엄지손가락마저 세우며 치켜주는 말에 호장충

이 더욱 호기를 부렸다. 가슴을 불쑥 내밀고 의젓하게 말한다.

"또한 산야에 묻혀 도적질을 하며 살았지만 그곳이 청오랑국의 땅이었으니 어찌 신성대제의 신세를 지지 않았다고 할 수 있겠소? 그러니 나 또한 황제 폐하와 인연을 맺고 있었다면 그런 거지."

"그렇소. 호 대장의 말이 맞소. 신성대제의 치하에 살고 있는 백성들 모두가 황제와 인연을 맺었다고 하는 게 마땅할 것이오."

"그래, 그래. 그러니 이 몸을 우습게 보지 마시오."

눈을 부라리는 호장충에게 황보강이 주먹 쥔 손을 흔들어 경의를 표했다.

"아니, 누가 호 대장을 우습게 여긴단 말이오? 나는 벌써부터 호 대장의 호탕하고 호걸다운 성품과 풍모를 흠모하고 있었다오."

넌지시 건넨 황보강의 말에 한껏 기분이 좋아진 호장충이 너털웃음을 터뜨렸다.

"으허허허, 이거 다시 술이 당기는구나."

잔을 내던지고 반쯤 술이 남아 있는 항아리를 들어 올리더니 벌컥벌컥 마셔댄다.

웃음 띤 얼굴로 그를 바라보던 황보강이 넌지시 말했다.

"그렇다면 호 대장은 이번 호송 건에 대하여 슬퍼하는 마음을 가졌겠군요?"

"응?"

호장충이 정신이 번쩍 든 얼굴로 황보강을 빤히 바라보았다. 그의 눈에 언뜻 긴장하는 기색이 어렸다.

취중에도 황보강의 그 말이 심상치 않다는 걸 생각했던 것이다.

이놈이 여태까지 나를 떠보고 있었던 건가 하고 의심하는 게 틀림없다.

"그러니까, 내 마음이 어떠하냐 그거요?"

"아, 별 뜻이 있었던 건 아니외다. 그저 지나가는 말이었으니 신경 쓰지 마시오."

"어떻기는!"

호장충이 상을 내려치며 눈을 부릅떴다.

"비록 그가 불쌍하기는 해도 나는 이미 나 성주님의 녹을 받아먹는 사람이 되지 않았소? 게다가 군인이니 명령에 살고 명령에 죽는 거지!"

"지당하신 말이요."

"심정으로야 태자의 처지가 가엾고 그를 살려주고 싶지만 성주님의 지엄하신 명령이 있으니 어쩌겠소? 이 한목숨 다해서 임무를 수행할 뿐이지. 그게 나의 본분 아니겠소?

커흠.”

“과연 호 대장은 훌륭한 무장이요. 장차 큰 공을 세우고 이름을 널리 알리게 될 것이외다.”

“이만 가겠소.”

황보강을 흘겨본 호장충이 벌떡 일어섰다.

第二章

검은 별판

1 성을 떠나는 사람들

황보강은 심정이 착잡했다.

비록 호장충을 설득하지는 못했지만 그의 마음에 청화륜에 대한 연민지정이 있다는 걸 확인한 걸로 만족할 수밖에 없다.

밖에서 그들의 연회를 내내 감시하고 있던 풍옥빈과 유모량이 즉시 황보강에게 다가앉았다.

"어떻게 할 셈이냐?"

궁금하다는 듯 유모량이 물었다. 그 곁에서 풍옥빈 또한 지그시 바라본다.

"뜻밖에도 호장충의 심지가 굳으니 쉽지 않겠구나."

"그렇게 보았습니까?"

황보강이 의미심장한 웃음을 띠고 물었다.

풍옥빈은 황보강에게 다른 생각이 있다는 걸 짐작했다. 의아해한다.

"너는 이미 무언가 짐작하고 있었구나? 그렇다면 어서 말해보아라. 괜히 사람 궁금하게 하지 말고."

"별거 아닙니다. 호장충이 단순하고 무지한 자라는 걸 확실하게 알았다는 거지요."

"그게 무슨 말이냐?"

"대체로 그런 자들은 한번 품은 마음을 쉽게 바꾸지 못하는 법입니다."

황보강의 말은 여전히 빙빙 돌기만 할 뿐 핵심을 끄집어내지 않고 있었다. 이제는 풍옥빈뿐 아니라 유모량까지도 궁금해 못 견디겠다는 얼굴로 재촉했다.

"좀 더 분명하게 말해보아라. 그게 어떻다는 거지?"

"그자가 그토록 목에 힘을 주고 목청을 높여가면서 성주에 대한 충성을 강변한 이유가 무엇이겠습니까?"

"그건……."

"불안하게 생각하고 있다는 겁니다."

"무엇을?"

"평소에 성주 나하순의 신임을 받지 못한다고 느끼고 있었던 거지요."

"그래?"

"제 말이 틀림없을 것입니다."

황보강이 고개마저 끄덕이며 제 생각을 확신한다는 듯이 말했다.

"때문에 호장충은 속으로 성주에 대한 불만을 품고 있었을 것입니다. 그러다가 청화륜의 호송이라는 중책을 맡게 되었으니 이번에야말로 성주의 눈에 들고 말겠다는 각오를 단단히 한 거지요."

"그렇다면 결국 그를 설득할 수 없다는 것 아니냐?"

"제가 앞에 말하지 않았습니까? 그런 자는 한번 품은 마음을 쉬 바꾸지 못한다고요."

"응?"

풍옥빈이나 유모량은 여전히 황보강의 말을 이해할 수 없었다.

황보강이 태연하게 제 생각을 말했다.

"그가 이미 성주에 대한 불만을 품고 있었다면 조그만 계기가 주어져도 그걸 터뜨리고 말 것입니다."

"그럼 대체 어떻게 하겠다는 것이냐?"

"싸워야지요."

너무도 쉽게 말하는 황보강이기에 풍옥빈이 깜짝 놀라 말했다.

"너는 정말 내 말을 듣지 않고 청화륜을 구해낼 작정이냐?"

유모량 또한 혀를 차고 힐난했다.

"쯧쯧, 내가 상관할 바는 아니다만 답답해서 한마디 거들지 않을 수 없구나. 대체 청화륜을 구해주어서 너에게 이로울 게 뭐가 있지?"

"마음의 빚을 조금이나마 갚을 수 있게 되기를 바랄 뿐입니다."

황보강은 태연했다. 그건 그가 어떤 일에 대하여 단단히 결심했을 때의 모습이었다. 결심하기까지가 어렵지 한번 마음을 정하면 죽음의 위험 앞에서도 태연해지는 것. 그건 흔들리지 않는 신념을 가진 자의 모습일 것이다.

황보강의 그런 특징을 잘 아는 풍옥빈이 멍하니 그를 바라보았다. 대체 이놈의 가슴속에는 어떤 생각이 들어 있는지 알 수 없다는 얼굴이었다. 유모량 또한 이해할 수 없다는 얼굴로 멍하니 바라보다가 다시 혀를 찼다.

"쯧쯧, 너는 대체 계산이라는 걸 할 줄 모르는 바보인 모양이로구나."

황보강은 빙긋 웃기만 할 뿐 대꾸하지 않았다. 답답해진 유모량이 버럭 소리쳤다.

"이놈아! 너에게 하늘을 찌를 만한 재주가 있고 배짱이 있다고 해도 그렇지, 어찌 혼자서 일천 명이나 되는 호송 병사들과 싸울 생각을 한단 말이냐? 그게 생각있는 자가 할 일이냐?"

"풍 형이 있고 유 대협이 있지 않습니까?"

태연한 황보강의 말에 유모량은 물론 풍옥빈마저 기가 막혀 입을 다물고 말았다.

"이제 때가 되긴 되었지."

얼마나 침묵이 흘렀을까, 풍옥빈이 불쑥 그렇게 말하고 틀틀 웃었다.

황보강이 그에게 의아한 눈길을 보냈다.

"때라니요?"

"내가 처음 너를 이 성에 머물라고 권할 때 말하지 않았더냐? 잠시 몸을 피하면서 기회를 노리기에는 이곳만 한 데도 없을 거라고 말이다. 이제 떠날 때가 된 거야. 아니면 달리 계획을 세울 때가 된 것이지."

황보강 또한 언제까지나 나하순의 성에서 그의 불의를 참으며 몸을 굽히고 있을 생각은 아니었다.

풍옥빈의 말처럼 이제 떠나야 할 때가 되었다고 스스로도 느끼고 있었기에 고개를 끄덕였다.

"그렇습니다. 이번에 성을 나가면 다시 돌아오지 않게 되겠지요."

"그런 말은 할 필요없어. 사람의 일이란 아무도 모르는 거니까."

"풍 형의 말은 내가 이 성으로 돌아오게 될 수도 있다는 겁니까?".

"모르는 일이지. 운명이 너를 어디로 이끌지는 네 자신도 모르고 있지 않으냐?"

그가 불쑥 운명이라는 말을 했으므로 황보강은 물론 유모량까지 심각한 얼굴이 되어 침묵했다.

다음날 일찍부터 성안이 시끌시끌해졌다. 호장충이 일천 명의 병사와 함께 청화륜을 가둔 함거를 호송해 성을 나가고 있었던 것이다.

이미 대황국에는 죄인의 호송을 통고해 둔 상태라고 했다. 국경까지만 가면 그곳부터는 대황국에서 나온 병사들이 함거를 넘겨받아 도성으로 끌고 갈 것이다.

그러므로 국경까지 불과 삼백여 리의 길을 가는데 일천 명이나 되는 거창한 호위대를 붙인 건 나하순이 이번 일에 얼마나 공을 들이고 있는지 알게 해주었다.

그는 제 손으로 청화륜을 잡았노라고 한껏 과장하고 생색을 냈을 게 틀림없다.

황보강과 풍옥빈, 유모량은 서쪽 언덕 위에서 말에 올라앉은 채 성을 나오고 있는 긴 행렬을 묵묵히 지켜보고 있었다.

함거를 중앙에 두고 전면에 오백 명, 후방에 오백 명의 보기(步騎)가 인도하고 따르니 보는 것만으로도 가슴이 서늘해졌다.

"어쩔 셈이냐?"

유모량이 저 병사들의 행렬을 보라는 듯 턱짓으로 가리키며 다시 물었다.

기병이 삼백에 보명 칠백의 군세는 당당했다. 비록 그것을 지켜보고 있는 세 사람이 절세의 고수라고 해도 상대가 되지 않는다.

황보강도 잘 알고 있었다. 하지만 그는 어젯밤과 마찬가지로 태연하기만 했다.

"나에게 일백 명의 병사만 있다면 저까짓 천 명쯤이야 뚫지 못할 리가 없지요."

"흘흘, 일백 명이란 말이지? 하지만 어쩌나, 여기에는 나와 풍옥빈이 있을 뿐이니 말이다."

유모량의 비웃는 말에 황보강이 그를 돌아보고 빙긋 웃었다.

"두 분은 천하제일을 다툴 만한 고수이니 능히 혼자서 일백 명의 몫을 해내지 않겠습니까?"

"뭐라고? 허—"

황보강의 말에 유모량이 어이없다는 얼굴을 했고, 신중한 풍옥빈 또한 낯을 찌푸리고 꾸짖듯 말했다.

"제아무리 천하제일의 고수라고 해도 일대일의 싸움이라면 모를까, 일천 명의 병사 속에서는 살아남을 수 없는 것이다. 무공이 높다는 것과 그것과는 별개의 문제야."

너는 그런 이치도 모르느냐는 듯 바라본다.

황보강이 고개를 끄덕였다.

"동의합니다. 하지만 방법이 아주 없는 것도 아니지요."

"방법이 있다고?"

"병략가들은 옛날부터 머리를 싸매고 소수의 병사로 다수의 적을 물리치기 위한 병법을 연구했지요. 그들이 내놓은 방법은 수십 가지나 되지만 결론은 하나였습니다."

풍옥빈이나 유모량은 강호의 절정고수이지 병법가나 장군이 아니었다. 고개를 갸웃거리는 그들에게 황보강이 느긋하게 말했다.

"죽을 각오로 길을 뚫고 적의 우두머리를 치는 것입니다. 그러면 언제나 승기가 생기는 법이지요."

그건 황보강이 여태까지 전장을 치달리며 싸워온 방법이었다. 그리고 실패한 적이 없다.

"하지만 고작 우리 세 명이 어찌 저 많은 병사들을 뚫고 들어가 적장의 목을 친단 말이냐?"

유모량이 여전히 투덜거렸다. 풍옥빈은 말하지 않았지만 그의 생각도 그와 같다는 게 얼굴에 여실히 드러나 있었다.

"소수의 병사로 다수의 적을 혼란하게 하는 데에는 야습만큼 효과적인 방법이 없지요."

"야습!"

유모량과 풍옥빈이 동시에 소리쳤다. 그리고 동시에 눈살을 찌푸렸다.

"그건 당당하지 못한 짓이야."

풍옥빈의 말에 황보강이 처음으로 정색을 했다.

"강호의 생리는 제 신분을 밝히고 당당하게 맞서서 승리하는 걸 최고의 영예로 여길지 모르나 전장의 생리는 그렇지 않습니다. 오직 이기느냐 그렇지 못하느냐를 생각할 뿐 수단과 방법에 대해서는 아무도 관심을 두지 않습니다."

이번에는 유모량이 화난 얼굴로 말했다.

"그런 짓은 하오잡배들이나 하는 짓이다. 야비하고 비겁한 짓을 경멸할지언정 어찌 몸소 나서서 그런 짓을 한단 말인가?"

황보강이 한숨을 쉬었다. 이 두 기인이 상황에 대한 유연한 대처 능력이 부족하다는 걸 절실히 느끼지 않을 수 없었던 것이다. 전장에서는 개인의 무력보다 바로 그러한 게 더욱 큰 위력을 발휘한다는 걸 잘 알고 있기에 더욱 안타깝다.

두 사람은 강호의 종사를 자처하고, 누구나 그렇게 인정하는 무서운 존재들이었다. 그렇기에 자부심과 자존심 또한 누구보다 강하다는 걸 알지만 지금 필요한 건 그들의 자존심이 아니었다.

황보강은 그들을 설득하여 고집을 버리게 하는 것이야말로 이번 일에서 가장 중요한 일이라는 걸 절실히 느꼈다.

2 싸우는 법

고수들의 싸움은 명예를 다투거나 이익을 다투지 않으면 정의와 불의의 충돌에서 비롯되는 게 보통이다. 그러나 전쟁은 나라의 운명을 걸고 싸우는 것 아닌가.

규모와 치열함에 있어서 강호의 싸움과는 비교가 되지 않고 그 처절함도 그렇다.

전쟁에서 개인의 삶과 죽음은 아무 의미가 없다. 오직 그 집단의 생존 여부가 중요할 뿐이다. 그러므로 전쟁은 내가 나로서 싸우는 게 아니라 집단이 집단과 싸우는 것이다. 어찌 치열하고 처절하지 않을 수 있을 것인가.

그러니 수단과 방법이 상식에서 벗어나고 양상이 윤리나

도덕적 기준에서 벗어났다고 해도 그걸 따질 겨를이 없다. 승자가 모든 가치의 정점에 서서 정의와 불의를 규정하기 때문이다.

아무리 도덕적으로 싸웠다고 해도 패자는 불의한 자가 되게 마련인 것. 그게 전쟁의 모습 아니던가.

오직 승리하여 목적을 달성하는 것만이 최상의 선이자 가치인 것. 그게 전쟁이다.

"이것은 전쟁입니다. 병사들이 동원되었다면 그게 열 명이든 백 명이든 전쟁이 되는 것입니다. 강호의 규칙으로 옳고 그름을 재단할 수 없습니다."

황보강의 긴 설명을 듣는 동안 풍옥빈과 유모량의 안색이 심각해졌다.

검을 들고 맞서 싸운다면 천하에서 적수를 찾아보기 힘든 두 사람이다. 당당한 게 당연하고, 오만해진다고 해도 누구 하나 그것을 나무랄 사람이 없다. 그러나 황보강의 말처럼 이것이 전쟁이라면 상황은 다르다는 걸 그들은 심각하게 인식하지 않을 수 없었다.

그렇다면 자신들은 이와 같은 싸움에서 무용지물이라는 걸 또한 인정해야 한다.

전쟁에 참여해 본 적이 없기 때문이고, 병사로서의 경험이 없기 때문이다.

두 사람은 황보강을 바라보았다.

"그러면 어떻게 싸워야 하지? 우리는 그 방법을 알지 못한다."

황보강이 여유있는 미소를 지었다.

"저를 따르면 됩니다."

"하긴, 이런 일에는 너보다 뛰어난 사람이 없겠지."

병졸이 제 능력을 십분 발휘하느냐, 그렇지 못하느냐 하는 것은 오직 그를 이끄는 장수의 능력에 달려 있다.

그런 면에서 황보강은 최고라고 할 수 있는 사람이었다.

그것을 잘 알고 또 믿기에 풍옥빈과 유모량은 자신들의 자부심과 오만을 버리고 초보 병사의 마음을 가져야 했다. 황보강의 명령을 받기 원한다.

그날 밤.

호장충이 이끄는 호송단은 숙천하에서 행군을 멈추고 야영에 들어갔다.

많은 횃불을 밝혀 주위를 대낮처럼 환하게 한 건 잘한 일이다. 그러나 병사들의 천막이 여기저기 산만하게 흩어져 있는 건 조잡한 설진법이었다.

게다가 저희끼리 삼삼오오 횃불 아래 모여서 술을 마시며 마음껏 떠들어대고 있지 않은가.

어둠 속에 숨어서 그들을 훔쳐본 황보강은 자신이 생겼다. 저렇게 야영의 군기가 무질서하다는 건 병사들의 기강이 그만큼 해이하다는 것이고, 그건 곧 호장충의 통솔력이 강하지 못하다는 걸 알 수 있게 해주는 일이기 때문이다.

그건 그들이 정규군으로서의 엄격한 통제와 훈련을 받아본 적 없는 사병 집단이기에 그럴 것이다. 그러니 비록 일천 명이나 되는 병사들이지만 황보강의 눈에는 오합지졸로 보일 뿐이었다.

삼경 무렵이 되자 번을 서는 자들 몇 명 외에는 모두 천막에 들어가 깊은 잠에 떨어졌다.

흐릿한 달빛만이 비칠 뿐 괴괴한 적막에 덮여 있는 벌판으로 조용조용히 흐르는 강물 소리가 들렸다.

황보강은 되도록 신속하고 은밀하게 일을 끝내고 싶었다. 소란 중에 병사들이 쏟아져 나오면 어쩔 수 없이 무자비하게 죽여야 하는데, 그들 중에는 낯이 익은 자도 있으니 마음이 내키지 않았던 것이다.

잠시 생각하던 그가 풍옥빈에게 말했다.

"풍 형은 저와 함께 움직이는데, 저를 지키는 호위 역할을 해주셔야 하겠습니다. 필요하면 적의 주의를 다른 곳으로 이끌고 막아서 제가 움직이는 데 방해물이 없도록 해주세요."

"그러지."

"유 대협은 저기 보이는 잡풀 속에 몸을 감추고 기척을 내지 말아야 합니다. 저곳이 우리가 빠져나올 퇴로가 될 테니 유 대협께서는 퇴로를 확보하고 지키는 역할이지요. 물론 추격병들을 저지하는 역할까지 하셔야 하는 겁니다."

"그 정도쯤이야……."

"그럼 갑시다."

황보강이 재빨리 움직였다. 한껏 몸을 낮추고 어둠을 밟으며 달려가는 게 신속하고 은밀했다.

풍옥빈은 그의 그림자가 된 듯이 일 장의 거리를 유지한 채 뒤따랐고, 유모량은 바람처럼 움직여 황보강이 말한 잡풀 속까지 한순간에 이동해 가 웅크렸다. 가까이에서 유심히 보지 않으면 그곳에 매복자가 있다는 걸 누구도 발견하지 못할 만큼 완벽한 은신이었다.

첫 번째 횃불 아래에 세 명의 번초가 두런두런 잡담을 나누며 서 있었다. 그들을 지나가야 하는데 한 명이나 두 명이라면 거의 동시에 제압할 수 있지만 세 명은 그렇지 않으니 망설이지 않을 수 없었다.

역시 이런 상황에서는 황보강보다 풍옥빈의 능력이 뛰어났다. 그가 작은 돌멩이 한 개를 집어 들더니 손가락 사이에 끼우고 가볍게 튕겨냈는데, 그것이 허공을 날아갈 때는 쇠뇌 못지않게 맹렬했다.

쐐액 하는 바람 소리가 들리는 것과 동시에 풍옥빈이 질풍처럼 달려나갔다.

퍽 하는 소리와 함께 한 명이 돌멩이에 미간을 호되게 맞고 비명도 없이 뒤로 넘어갔다. 그와 잡담을 나누던 두 명이 깜짝 놀랐을 때 풍옥빈은 이미 그들의 면전에 닥쳐들고 있었다.

퍽! 퍽!

두 번의 주먹질로 가볍게 그들을 쓰러뜨린 풍옥빈이 황보강을 돌아보고 소리없이 웃었다.

세 개의 횃불 아래를 더 지나가야 했는데 그때마다 풍옥빈은 소리없이 번초들을 제압해 쓰러뜨렸다. 그 덕에 황보강은 신속하게 경계선을 돌파하여 드디어 호장춘의 커다란 천막 그늘 아래 납작 엎드릴 수 있었다.

풍옥빈이 경계를 서고 황보강은 칼을 뽑아 들었다. 그것으로 천막 자락을 들치고 성큼 들어선다.

야전침상 위에서 호장충이 코를 골며 잠들어 있었다.

함께 있던 세 명의 당직도 야전탁자에 머리를 기댄 채 낮게 코를 골고 있다.

황보강은 우선 칼등으로 그들의 뒷덜미를 가볍게 두드려 혼절시켰다. 그리고 호장충의 목에 칼을 댔다.

잠결에도 서늘한 기운을 느낀 호장충이 코 골기를 뚝 멈추었다.

생긴 것처럼 우직하고 무지한 자이지만 역시 무장답게 칼의 기운에 예민했던 것이다.

그가 몸을 굳힌 채 눈만 부릅떴다. 황보강을 올려다보더니 끔뻑거리는 것이 아마 이게 꿈이 아닌가 하고 생각하는 것 같았다.

"일어나시오."

황보강이 위협적으로 말하자 눈짓으로 제 목에 달라붙어 있는 새파란 칼을 가리켰다.

황보강이 여전히 칼을 그의 목에 댄 채 어깨를 잡아 일으켜 앉혔다.

"소리 지르면 죽이겠소."

굳이 위협하지 않아도 호장충은 소리를 지를 수 없는 형편이었다. 목젖에 칼날이 달라붙어 있으니 그렇다.

그가 어눌한 음성으로 겨우 말했다.

"황보… 장사… 당신이 어떻게 여기에……."

"나는 태자를 구해내기로 마음먹었소. 당신이 죽어도 그렇게 할 것이고, 살아도 그렇게 할 것이오. 당신은 죽는 게 좋소, 아니면 사는 게 좋소?"

"그, 그거야… 사는 게……."

"그렇다면 함거를 지키고 있는 부하들에게 명을 내리시오. 그렇게 한다면 당신의 목숨을 살려 드리리다."

태자 청화륜을 가둔 함거는 이십여 명의 병사가 둘러싼 채 지키고 있었다.

황보강이 직접 함거를 깨뜨리지 못하고 호장춘의 군막으로 침입한 건 그런 까닭이었다.

풍옥빈이 아무리 절세의 고수라고 해도 동시에 이십여 명을 소리도 내지 않고 제압하기란 불가능하기 때문이다.

황보강이 호장충을 앞세우고 천막에서 나왔을 때 순라를 돌던 군관에 의해 횃불 가에 쓰러져 있는 번초들이 발견되었다.

삐익!

날카로운 경고의 호각 소리가 밤하늘을 찢듯이 울려 퍼졌다.

이어서 여기저기 산만하게 흩어져 있던 천막들에서 선잠을 깬 병사들이 서둘러 뛰어나오느라 벌판이 소란스러워졌다.

황보강은 호장충의 목에 칼을 댄 채 그의 몸 뒤에 숨어 등을 밀어대고 있었고, 풍옥빈은 황보강의 뒤에서 좌우를 경계하며 뒷걸음으로 따르고 있었다.

무슨 일인지 몰라 어리둥절해하던 병사들이 비로소 사태를 파악하고 소리 지르며 밀려들었다. 그러나 가까이 접근하지는 못하고 멀찍이에서 포위한 채 떠들어댄다.

횃불 아래 황보강과 풍옥빈의 얼굴이 환하게 드러났다. 그들을 알아본 자들이 놀라 소리쳤다.

"어? 황보 장사 아니십니까?"

"저분은 풍 장사이신데?"

여기저기에서 와글와글 떠들어대는 소리들로 소란스러워졌다.

황보강이 누구이고 풍옥빈이 어떤 사람인지 대부분의 병사들이 알고 있었다. 그런데 그들이 이렇게 군진에 숨어들어와 호장충을 사로잡고 있으니 혼란스러워하는 게 당연하다.

황보강이 병사들에게 크게 소리쳤다.

"나는 한때 청오랑국의 무장이었고, 황제 폐하이신 신성대제의 은덕을 입었던 사람이다! 의리를 알고 충성을 알며 협의지도를 아는 자라면 당연히 황태자의 목숨을 구하려 할 터! 내 앞을 가로막는다면 어쩔 수 없이 너희의 대장을 죽이고 너희의 목숨 또한 취할 수밖에 없다!"

부장 한 사람이 앞으로 나서더니 칼을 들어 황보강을 가리키며 소리쳤다.

"헛소리! 당신은 몇 달 전부터 나 성주에게 의탁하고 있지 않소? 그렇다면 나 성주에 대한 의리와 충성은 아무것도 아니란 말이오?"

황보강이 그를 노려보며 코웃음을 쳤다.

"흥! 그건 그의 신변을 지켜주는 대가로 돈을 받고 그렇게 한 것이다! 충성과 의리는 마음에서 우러나는 것이지 돈으로 사는 게 아니라는 걸 모른단 말이냐? 나 성주와 나는 계약이 끝나거나 한쪽에서 불만이 생기면 언제든 등질 수 있으니 고용주와 고용된 자의 관계일 뿐이다. 어찌 의리와 충성을 논할 수 있단 말이냐?"

그 말에 부장이 우물쭈물했다. 황보강은 지금 그의 기를 꺾어놓아야 한다는 걸 잘 알고 있었다. 근엄한 얼굴로 소리쳐 말하는데 그의 음성이 벌판에 쩌렁쩌렁 울려 퍼졌다.

"너희의 처지도 나와 다르지 않다는 걸 알고 있다. 이 중에서 과연 누가 성주 나하순을 위하여 목숨을 걸고 싸울 자가 있겠느냐? 너희도 가슴에 의기가 있는 호한일진대, 어찌 나 성주의 불의함과 불충함을 모르겠느냐? 그러면서도 그의 성병 노릇을 하고 있는 건 그로부터 받는 녹봉이 있기 때문이겠지. 그러나 그것도 목숨이 살아 있어야 받을 수 있는 것. 죽은 다음에는 아무 소용도 없지 않겠느냐?"

"쳇, 기껏 당신들 두 명이 우리 모두를 죽일 수 있겠소?"

황보강을 반박했던 부장이 비웃으며 말했다.

"우리 중 누구라도 당신들의 목을 가지고 성주에게 돌아가면 큰 상을 받을 텐데 그건 두렵지 않단 말이오?"

"좋다. 그렇다면 너부터 나서라. 네가 능력이 있다면 내 목을 가져갈 테지만 그렇지 않다면 내 칼에 네 목이 제일 먼저 떨어지게 될 것이다."

"그건……."

황보강이 무섭게 노려보자 그자가 주춤거렸다. 그 또한 황보강이 어떤 사람인지, 풍옥빈의 검이 얼마나 무서운 것인지 잘 알고 있었던 것이다. 제 힘으로는 상대할 엄두조차 낼 수 없는 사람들 아닌가.

부장이 주위의 부하들을 둘러보며 소리쳤다.

"잡아라! 그를 잡는 자에게는 열 관의 황금을 하사받도록 하겠다! 성주께서는 반드시 그렇게 해주실 것이다!"

열 관의 황금이라는 말에 병사들의 눈에 탐욕이 이글거리기 시작했다. 그때 휙 하는 바람 소리가 났다.

풍옥빈이 황보강의 곁을 스쳐 지나간 것이다. 그 쾌속함이란 질풍이라고 해도 뒤따르지 못할 정도였다.

"으악!"

허공에 흰 빛이 번쩍한 순간에 큰소리치던 부장의 목이 둥실 떠올랐고 검붉은 피가 솟구쳤다.

피가 뚝뚝 떨어지는 목을 움켜쥔 풍옥빈이 새파란 빛으로 번쩍이는 검을 들고 우뚝 섰다.

그의 살기로 이글거리는 눈빛과 부장의 덧없는 죽음을 목격한 자들이 하나같이 두려움으로 몸을 웅크렸다.

황보강의 입가에 한줄기 미소가 스쳐 갔다.

적의 기를 꺾어놓으려면 적장을 먼저 쳐야 한다는 이치를 풍옥빈이 제대로 보여주었기 때문이다.

3 이별

함거를 깨뜨렸다.

청화륜은 초라한 몰골로 웅크리고 앉아 황보강을 노려보았는데, 사로잡힌 짐승 같았다.

"가시오. 당신은 이제 자유요. 다시는 이런 일을 당하지 마시오."

청화륜이 천천히 함거에서 나왔다. 황보강 앞에 우뚝 서더니 말없이 그를 노려보기만 했다.

황보강도 그에게 할 말이 없었다. 아니, 아무 말도 할 수가 없다.

"왜 나를 살려주는 거지?"

한참이 지난 뒤에야 그가 억눌린 것 같은 음성으로 그렇게 말했다. 오랫동안 목이 잠겨 있던 자가 힘들게 첫마디를 내뱉는 것 같았다.

"속죄의 의미라고 해두지."

"흥, 나를 살려주었다고 해서 네가 한 잔인무도한 짓이 용서받는 건 아니야."

"그대에게 용서를 구하는 게 아니요. 내 자신에게이지."

이글거리는 눈으로 무섭게 황보강을 노려보던 청화륜이 천천히 어둠 속으로 멀어져 갔다.

그의 축 처진 어깨와 초라한 뒷모습을 눈이 아프게 바라보던 황보강이 탄식했다.

이 업보는 자신이 평생 지고 가야 할 짐이라고 생각했다. 죽기 전에는 떼어놓을 수 없다.

"제기랄, 다 틀렸군."

호장충이 발을 구르고 투덜거렸다.

"이제 어쩔 거요?"

원망하는 얼굴로 황보강을 노려본다.

황보강이 그의 목에서 칼을 거두었다. 그에게 더 이상 싸우고자 하는 마음이 없다는 걸 알았기 때문이다.

"나는 이대로 떠나겠소. 당신도 더 이상 쓸데없는 피를 보고 싶지는 않겠지?"

"제기랄, 태자가 사라졌는데 싸워서 얻을 게 뭐가 있겠소?"

"그렇다면 당신은 병사들을 돌려 성으로 돌아가시오. 내가 한 짓이라고 말한다면 성주로부터 큰 문책은 당하지 않을 것이오. 기껏 쫓겨나는 정도겠지."

"쳇, 모르는 소리."

호장충이 혀를 찼다. 불만이 가득한 중에 불안해하기도 한다.

"거기서 쫓겨나면 다시 산적질이나 해먹고 살아야 할 텐데 이제 그 짓은 정말 하기 싫거든."

"그럼 성으로 돌아가지 않을 작정이오?"

"제기랄, 아예 성을 빼앗아 버릴까 보다."

호장충이 혼잣말하듯 중얼거리고 힐끔 황보강을 바라보았다.

호장충은 말할 것도 없고, 그에게 속해 있는 일천 명의 병사는 모두 나하순의 용병이나 마찬가지다.

충성심이나 목적의식 따위가 있을 리 없다.

황보강은 호장충이 더 큰 이익을 그들에게 제시한다면 그들 모두 좋아할 것이라고 생각했다. 성을 빼앗자고 그가 충동질하면 반대할 자가 없을 게 틀림없다.

내성에 주둔하고 있는 일천여 명의 병사는 대부분 나하순이 그의 영토 내에서 차출해 온 장정들이었다. 가족들이 아직 성주의 영토 내에 있으므로 그에게 충성하고 있으나 싸움의 경험이 부족하다.

그와 달리 외성에 있으면서 나하순의 용병으로서 그동안 주변의 영주들과 수십 차례의 싸움에 앞장서 온 호장충의 병사들은 그렇지 않았다.

그들이 내성에 들어가기만 하면 성을 빼앗는 건 쉬울 것이다.

호장충 외에도 여덟 명의 장수가 각기 일천 명씩의 병사들을 거느리고 있었다. 하지만 그들은 모두 영토의 경계를 지키는 임무를 맡고 있는지라 성에서 멀리 떨어진 곳에 주둔하고 있다. 그러니 그들이 나하순을 돕기 위해 달려온다고 해도 성이 호장충의 손에 떨어지는 걸 막을 수는 없을 것이다.

"같이 하지 않겠소?"

호장충이 잔뜩 기대하는 얼굴로 그렇게 말했다.

잠시 생각하던 황보강이 고개를 절레절레 흔들었다.

"아니, 나는 다시 성으로 돌아가고 싶지 않소. 이대로 내 길을 갈 테니 당신은 마음대로 하시오."

황보강에게는 호장충이 더 이상 싸우려 하지 않는 게 천만다행한 일이기만 했다. 그와 함께 나하순의 성을 빼앗고 싶은 마음 따위는 조금도 없었다.

그래도 안심하지 못하고 경계심을 늦추지 않으며 풍옥빈과 함께 천천히 그들 사이를 걸어나갔다.

일천 명의 병사 가운데를 지나간다는 게 긴장되지 않을 수 없다. 호장충의 명령 한마디면 당장 위급한 처지가 되고 말 것 아닌가.

그걸 잘 알고 있는 풍옥빈 또한 긴장한 기색이 역력했지만 황보강은 서두르지 않았다. 더 침착하고 여유있는 모습으로 한 걸음 한 걸음 당당하게 걸어갈 뿐이다.

당황하거나 겁먹은 모습을 보였다가는 최악의 상황을 맞게 될 수 있다는 걸 잘 아는 것이다. 당당하고 도도하게 행동하는 게 오히려 안전하다.

"위험했다."

풍옥빈이 한숨을 쉬며 그렇게 말했다. 이마에 식은땀이 맺혀 있었다.

"나는 심심해 죽을 맛이었다."

유모량의 투덜거림에 황보강이 빙긋 웃었다.

"잘된 일 아닙니까. 최악의 경우 우리 세 사람 모두 목숨을 잃게 될 수도 있었는데 한 명의 목을 친 것만으로 뜻하는 바를 이루고 무사히 돌아올 수 있었으니까요."

"그러니까 심심했다는 거지."

유모량은 여전히 제가 아무 역할도 하지 못했다는 게 불만스러운 모양이었다.

황보강이 그의 늙은 얼굴을 바라보며 미소 지었다. 유모량은 역시 태생이 악한 사람이 아니라는 걸 확인할 수 있었던 것이다. 자신이 아무 도움도 되지 못했다는 걸 미안해하고 있기 때문이다.

황보강은 마음이 홀가분했다. 긴장했던 위기의 상황을 넘기고 찾아온 흡족함이다.

어느덧 아침이 밝아오고 있었다. 황량한 벌판이 붉은 햇빛을 받아 보석처럼 온통 반짝였다.

잡풀 무성한 벌판을 한참 걷자 시장기가 찾아왔다. 어젯밤부터 아무것도 먹지 못했던 것이다. 세 사람 모두 배에서 꼬르륵거리는 소리가 났다.

강은 이제 보이지 않았고, 강가에 진 치고 있던 호장충의 병사들도 보이지 않을 만큼 멀리 떨어진 곳이다.

"그들이 정말 성으로 돌아갔을까요?"

불쑥 생각난 황보강이 그렇게 묻자 풍옥빈이 심드렁하게 대꾸했다.

"호장충이 갈 곳은 적송망의 성밖에 없어. 그놈은 제 말대로 그곳을 빼앗든지 아니면 거기서 죽겠지."

"그러기에는 아까운 사람이라는 생각이 드는군요. 단순하고 무지하지만 그렇기에 그만큼 순박한 면이 있는 사람이었습니다."

"그러면 뭐 하나. 역시 산적질이나 해먹고 살 팔자인데. 그런 놈을 장군으로 삼아서 부리고 있었다는 걸 보면 나하순도 옹졸한 인간이야. 욕심만 있지 그걸 이룰 수 있는 머리가 없는 자다. 그 욕심 때문에 머지않아 파멸하게 되겠지만."

풍옥빈이 말을 마치고 힐끔 황보강을 바라보았다. 그 눈길에 감추어져 있는 의미가 심상치 않다.

황보강이 고개를 흔들었다.

"풍 형의 말에는 언제나 현기가 깃들어 있어서 어지럽군요. 설마 내가 나하순을 파멸시킬 자라는 건 아니겠지요?"

"하하, 너는 너무 예민하다."

웃은 풍옥빈이 정색을 했다.

"때가 되면 그 성이 너에게 새로운 운명의 출발점이 될지도 모른다고 했던 내 말을 기억하고 있느냐?"

"풍 형, 한 나라라면 모를까 그런 작은 성에 나는 관심이 없습니다. 내가 잠시 그곳에 머물러 있었던 건 그저 쉴 곳이 필요했기 때문이고 이제 충분하게 쉬었으니 떠날 뿐이지요."

"두고 보면 알겠지."

풍옥빈이 묘한 미소를 짓고 황보강을 지그시 바라보더니 잡풀을 헤치며 성큼성큼 저쪽으로 멀어져 갔다.

"먹을 만한 걸 구해올 테니 불이나 피워두고 있어."

숯불에 이글거리며 익는 고깃점을 다투어 집어먹고 나자 몸이 나른하게 늘어졌다.

때는 어느덧 정오에 가까워지고 있어서 머리 위의 태양이

뜨겁게 이글거리지만 개울가의 세 사람은 개의치 않았다.

몇 번 트림을 하고 난 풍옥빈이 검을 안고 앉아 꾸벅꾸벅 졸기 시작한 유모량에게 물었다.

"유 형은 대체 언제까지 이 짓을 할 셈이요?"

"응? 뭘 말이냐?"

유모량이 졸린 눈을 억지로 부릅뜨고 풍옥빈을 바라본다.

"언제까지 저 녀석의 호위 노릇을 하고 있을 셈이냔 말이외다."

"응, 그거?"

유모량이 한숨을 쉬고 나서 말했다.

"내가 생각해도 한심한 일이지. 이 천하의 금검운보 유모량이, 용호보주인 내가 오늘날 이런 처량한 신세가 될 줄 누가 알았겠느냐?"

"그토록 원하던 신검을 얻었으니 지금이라도 용호보로 돌아가면 되지 않겠소?"

"그럴 수 없으니 한심스럽다는 것 아니겠느냐?"

"어째서?"

유모량은 대답하지 않았다. 다시 한숨을 땅이 꺼지게 내쉬고 황보강을 힐끔 바라보았을 뿐이다.

황보강은 풍옥빈에게 유모량이 가지고 있는 비밀을 말하지 않았다. 속으로 그가 언젠가는 자신의 본래 모습을 되찾고 자존감을 회복할 것이라고 믿었기 때문이다. 그렇게 된다면 더 이상 암흑존자의 노리개 노릇을 하지 않을 것이다.

그가 그런 확신을 가진 건 유모량의 본성이 악하지 않다는 걸 알기 때문이었다.

잠시 휴식을 취한 세 사람은 다시 느릿느릿 벌판을 가로질러 서쪽으로 나아가기 시작했다. 기우는 해를 따라가는 형상이다.

그들의 그림자가 점점 길게 눕고 서쪽 하늘이 붉은 빛을 띠어가기 시작할 무렵에 풍옥빈이 불쑥 말했다.

"여기까지."

그가 우뚝 멈추어 섰으므로 황보강과 유모량이 의아하여 바라보았다.

"내가 너를 바래다 줄 곳은 여기까지다. 저기 보이는 언덕에서부터는 나하순의 영토가 아니다. 비로소 너는 완전히 그의 성에서 벗어나는 것이지."

"아니, 풍 형은 나와 함께 가려는 게 아니었습니까?"

"너를 나하순의 영토 밖으로 안전하게 보내주려는 것이었지. 나는 돌아가야 할 곳이 있다."

"천호천산 말씀입니까?"

"그렇다. 나는 아직 거기에 있어야 한다. 그곳이 내 무덤이 될 거야. 그러니 내가 지켜야 할 곳은 그곳뿐이지."

"왜 그런 불길한 말을……."

"언젠가는 너도 알게 될 것이다."

풍옥빈의 태도는 확고한 그의 의지를 나타내고 있었다. 황보강은 어떤 말로도 그를 설득할 수 없다는 걸 느꼈다.

"그럼 보중하십시오. 언제든 천호천산으로 찾아가면 풍 형을 만날 수 있다는 걸 희망으로 간직하지요."

"머지않아 다시 만날 수 있을 것이다."

풍옥빈은 황보강에게 조심하라거나 행운을 빈다거나 하는 말을 하지 않았다. 그가 유모량에게 고개를 숙여 작별 인사를 했다.

"유 형의 무운을 빌겠소이다. 이제 헤어지면 현세에서 우리가 다시 만나게 될 일은 없겠지만 저승에서는 그렇지 않겠지요. 귀신이 되어 다시 만나더라도 나는 유 형을 선배이자 형으로서 대우하겠소이다."

"쯧쯧, 그런 불길한 소리를 하다니."

유모량이 눈살을 찌푸렸지만 그의 얼굴에도 풍옥빈과의 작별을 아쉬워하는 기색이 떠올랐다.

"그 빌어먹을 천호천산에 대체 무슨 미련이 그렇게 많은지 몰라도 기다려라. 내 일이 무사히 끝나면 용호보로 돌아가기 전에 두 항아리의 술을 안고 반드시 찾아가지. 그때 우리 밤새도록 술에 취해보자꾸나."

풍옥빈이 웃음으로 대답했다. 그리고 쌀쌀맞게 돌아서더니 뒤도 돌아보지 않고 왔던 길을 따라 허청허청 멀어져 갔다.

4 격랑(激浪)

나하순의 영토 서쪽 끝인 언덕 위에서 밤을 새우고 아침을 맞았지만 유모량은 떠나려 하지 않았다.

엉덩이를 딱 붙이고 돌부처처럼 앉아서 꿈쩍도 하지 않는 것이 아예 여기에 집이라도 짓고 눌러앉아 살려는 것 같았다.

그가 말했다.

"기다리겠다."

"뭘 말입니까?"

"기다리겠다."

"그러니까 뭘 기다리신다는 말입니까?"

"기다리겠다."

그 말뿐이다. 황보강은 유모량이 갑자기 정신이 나간 건 아닌가 하고 생각했다.

멍해져 있는 얼굴과 초점없이 허공을 응시하고 있는 눈이 그렇다.

"그렇다면 저 혼자서 가겠습니다. 그래도 되는 거지요?"

"아니, 너도 함께 기다려야 한다."

그가 여전히 시선을 허공에 둔 채 중얼거리듯 말했다.

답답하기 짝이 없다.

"뭘 기다려야 하는 건지 말해주지 않는다면 저는 가겠습니다."

잠시 시간을 주었지만 유모량에게서는 이제 아무 대꾸도 없었다.

"그럼 갑니다?"

다시 확인한 황보강이 혀를 차고 돌아섰다. 정말 떠나려는 것이다. 유모량이 따라오든 말든 그건 이제 그의 자유 의지일 뿐 상관할 것 없다는 심정으로 십여 걸음쯤 걸어갔을 때다.

휙 하고 머리 위에서 바람이 불어가는 것 같더니 유모량이 그의 앞을 막아섰다.

신검을 뽑아 들고 있었는데, 더 이상 멍한 얼굴이 아니었다. 두 눈에서 이글거리는 신광을 뿜어내며 노려보는 것이 심상치 않았다. 말을 듣지 않으면 죽여 버리고 말겠다는 살기를 내비치고 있었던 것이다.

"대체 왜?"

황보강은 그런 유모량의 돌변한 태도를 이해할 수 없었다.

"너는 나와 함께 기다리고 있어야 한다."

답답하다. 떼쓰는 아이처럼 막무가내이니 더욱 그렇다.

그러나 황보강은 유모량과 싸우고 싶지 않았다.

"좋습니다. 무엇을 기다려야 한다는 건지는 묻지 않겠습니다. 하지만 대체 왜 내가 유 대협과 함께 기다리고 있어야 하는지는 물어도 되겠지요?"

"네가 필요하니까."

황보강이 한숨을 쉬고 어깨를 늘어뜨렸다. 더 이상 물을 필요를 느끼지 않았다. 무엇을 물어봐도 시원한 대답을 들을 수 없다는 게 분명해지지 않았는가.

"그러지요."

황보강이 고개를 끄덕이자 비로소 검을 거둔 유모량은 말없이 제가 앉았던 곳으로 돌아갔다. 다시 멍한 얼굴이 되어서 허공만 바라본다.

그 뒤로부터 아무도 없고, 아무도 찾아오지 않는 그 언덕에서 꼬박 이틀을 보냈다.

그러는 동안 황보강 혼자서 먹을 걸 잡아오고, 불을 피우고, 굽고, 찢어주고, 물을 떠다주는 일을 도맡아할 수밖에 없었으니 바쁜 사람은 그 혼자였다.

늙어서 정신 나간 부친을 공양하는 효자의 심정이 되지 않을 수 없었다.

그리고 이틀째 날이 저물어가고 있을 때에 비로소 심상치 않은 조짐을 느꼈다.

노을빛으로 물들어가고 있던 맑은 하늘이 갑자기 어두워졌다.

털을 뽑고 잘 씻어 손질해 놓은 메추라기를 옆에 놓고 입김을 후, 후 불어가며 불을 피우고 있던 황보강은 갑자기 눈앞이 어두워지는 걸 느끼고 흠칫 놀랐다.

제 그림자가 짙어지는 거라고 생각했는데 그게 아니었다. 온 세상이 어두워지고 있었던 것이다.

고개를 들자 저 멀리 황혼에 잠겨가고 있던 황금빛 들판을 빠르게 뒤덮으며 밀려들고 있는 검은 그늘이 보였다.

하늘을 보았다.

새까만 먹구름이 하늘을 가리며 밀려들고 있었다. 마치 거인이 머리 위에 검은 덮개를 펼치고 있는 것 같다.

불쑥 온몸에 서늘한 한기가 밀려들었다. 이내 얼음 칼로 베어대는 것처럼 시린 고통이 된다.

"그놈이다!"

황보강은 이 느낌을 잘 알고 있었다.

갑자기 예고도 없이 불쑥 이런 차갑고 으스스한 두려움과 고통이 밀려들면 반드시 그놈들이 나타났다.

악몽이다.

그리고 지금 이 고통을 전해주며 파고드는 냉기의 무서움으로 보아 악몽들 중에서도 장군이라는 그놈들. 십이악 중 적어도 한 놈이 찾아오고 있는 중이라는 걸 짐작했다.

유모량도 온몸을 덜덜 떨고 있었다. 이마저 딱딱 부딪치면서 식은땀을 흘려댄다.

그러던 그가 벌떡 일어섰다. 얼굴이 두려움으로 창백해졌는데, 이제는 손을 온몸을 사시나무 떨 듯 떨어대고 있었다.

"그가, 그가 온다!"

알아듣기 힘든 말로 소리친다.

"그라니? 누구 말입니까? 설마 유 대협이 기다리고 있던 게 바로 그들이란 말입니까?"

"그, 그렇다! 그가 오고 있어!"

기다려야 한다며 고집을 부릴 때는 언제고, 이제는 숨을 곳을 찾기라도 하듯 사방을 두리번거리는 늙은 얼굴에 공포가 가득했다. 그것을 보면서 황보강은 오히려 마음이 차분해져 갔다.

그러자 서서히 냉기가 물러가고 두려움도 옅어졌다.

황보강은 유모량이 저보다 앞서 그들이 찾아오는 조짐을 느끼고 있었다는 걸 알았다.

그가 예민해서인지 아니면 다른 이유가 있는지는 모르나

지금은 그게 중요하지 않다.

조짐을 느꼈다면 더 멀리 달아나려고 했어야 할 텐데 오히려 기다려야 한다고 고집을 부렸던 일도 궁금해진다.

하지만 지금은 그것 역시 중요한 게 아니다.

황보강이 책망하듯 말했다.

“숨을 곳은 없습니다. 아니, 소용없다는 걸 잘 알지 않습니까?”

유모량이 여전히 식은땀을 흘려대면서 덜덜 떨면서 황보강을 바라보는데 간절한 눈길이었다. 마치 네가 나를 구해달라고 애원하는 것 같다.

황보강이 성큼 나섰다.

이처럼 지독한 한기와 공포감이 한차례 지나가고 나면 그에게는 불끈 알 수 없는 힘이 솟구치곤 했다. 그건 커다란 오기이면서 또한 무엇보다 강렬한 투지이기도 했다.

입을 악다문 그가 칼을 움켜쥐고 유모량 앞에 섰다. 제 등으로 노인을 가리고 어둠의 늪이 되어버린 저 아래 벌판을 노려본다.

적막이 갑자기 밀어닥쳤다. 어둠이 뿌려놓은 침묵이다.

그러자 귓속에 잉— 하는 이명이 들리고 고요가 황보강을 짓눌렀다.

모든 생각이 일시에 지워져 버렸다. 마치 온 세상의 소리가 사라진 것 같았다.

황보강이 눈을 끔뻑였다. 뒤를 돌아본다. 거기 유모량이 여전히 넋이 나간 채 서 있었는데, 살아 있는 것 같지 않은 모습이었다. 그래서 비현실적으로 보인다.

시간과 공간을 초월한 어떤 다른 세상이 펼쳐진 것 같고, 그 한복판에 저 혼자 살아서 우뚝 서 있는 것 같은 이 적막감을 뭐라고 해야 할지 모른다. 그러나 황보강은 이런 느낌을, 이런 감정을 익숙할 만큼 잘 알고 있었다.

그래서 망부석이 된 것처럼 기다린다.

그놈들이 오기를, 제 운명의 어두운 그림자가 닥쳐들기를.

얼마나 그와 같이 무섭도록 적막한 시간이 지났을까.

어둠 속 저 멀리에서 작은 소리의 불꽃이 반짝이는 것 같았다.

황보강이 눈살을 찌푸렸다. 온 신경과 감각을 두 귀에 집중시키자 그 작은 소리의 불꽃들이 조금씩 커져 갔다.

고함 소리였다. 그리고 비명과 아우성이고, 급한 말발굽 소리들이기도 했다. 그것들이 한데 뒤섞여 눈덩이처럼 커져 갔다.

황보강의 얼굴에 놀람이 가득해졌다.

"호장충?"

저 멀리 보이는 자들은 분명 호장충이 이끌고 왔던 병사들이었다.

그들이 밀물에 밀려오는 거품처럼 벌판에 넓게 퍼진 채 미친 듯이 이쪽으로 달려오고 있었다.

조금 지나자 그들의 모습과 형편을 더 잘 알아볼 수 있게 되었다.

그들은 두려움에 사로잡혀 쫓기고 있는 중이었다. 전장을 등지고 필사적으로 도망쳐 오고 있는 패잔병들의 몰골이다.

황보강은 그들을 뒤쫓고 있는 검은 무리를 보았다.

검은 갑주를 입은 병사들과 검은 무복에 삿갓을 쓰고 검은 피풍을 펄럭이며 악착같이 뒤쫓고 있는 일단의 검은 무사들.

그놈들은 악몽들이었다. 검을 내놓으라며 끈질기게 저를 뒤쫓던 추적대다.

무려 일백여 명이나 되어 보였다.

아니, 그게 아니다.

황보강의 놀랐던 얼굴이 점점 일그러졌다.

저 뒤쪽, 개를 풀어놓은 사냥꾼들처럼 느긋하게 다가오고 있는 또 한 무리의 검은 무사들이 있었던 것이다.

앞선 자들은 그들의 몰이꾼이고 사냥개였다.

말을 탄 일천여 명의 기마무사. 일천여 명의 악몽.

그것들 앞에서 아직 호장충의 병사들이 살아 있다는 게, 살아서 저렇게 필사적으로 도망쳐 오고 있다는 게 믿어지지 않았다.

얼른 보아도 오백여 명은 되지 않는가. 삼백이나 되던 기병은 모두 죽어버린 게 틀림없었다. 칠백 보군 중 오백이 살아서 저렇게 도망쳐 오고 있으니 대단한 일이다.

아니다.

황보강이 머리를 가로저었다. 그게 아니라고 생각했다.

저 악몽이라는 놈들이 살려둔 것이다. 그렇지 않고서야 호장충의 병사들이 아직 무사할 리가 없다.

"그렇다면 왜?"

황보강이 제 의문의 답을 아느냐는 듯 유모량을 돌아보았다. 그는 조금씩 충격과 공포에서 벗어나고 있는 중이었다.

창백한 안색이지만 조금 전처럼 떨고 있지는 않았다.

유모량이 힘이라고는 들어 있지 않은 걸음으로 천천히 다가와 황보강 곁에 섰다. 저 아래 검은 벌판을 바라보더니 한숨을 쉰다.

"결국 저놈들이 왔군."

"유 대협과는 상관없을 겁니다. 나를 쫓아온 놈들일 테니까요."

"그렇지 않아. 이제는 상관없는 사람이 아무도 없네. 저 호장충도 상관이 있지."

유모량이 언덕 아래에까지 달려와 있는 선두의 무리를 가리켰다.

황보강은 그들 속에 섞여 있는 호장충을 확실히 알아볼 수 있었다. 그는 투구도 벗어 던진 채 칼 한 자루를 겨우 쥐고서 놀란 노루처럼 씩씩거리며 도망쳐 오고 있는 중이었다.

잠시 후 그가 풀무처럼 거친 숨을 헐떡이며 언덕 위로 뛰어올라 왔다. 그 뒤를 이십여 명의 병사가 낭패하고 지친 몰골들로 달려 올라왔는데 하나같이 말할 수 없는 두려움으로 질려 있었다.

호장충이 황보강 앞에 털썩 주저앉았다. 온몸이 피와 땀으로 흠뻑 젖어 있고, 입가의 수염에는 흰 거품이 말라붙어 있었다.

이어서 오백여 명의 패잔병이 속속 언덕 위로 올라왔다.

그들은 마치 그러기로 사전에 약속이라도 한 사람들 같았다. 하나같이 황보강이 칼을 쥐고 우뚝 서 있는 언덕에 올라오자 안심이라는 듯 주저앉아서 가쁜 숨을 헐떡인다.

황보강은 아무것도 묻지 않았다. 물어볼 필요도 없는 일이다.

그는 언덕 아래 이르러 포진하고 있는 검은 무사들을 노려볼 뿐이었다.

그들은 언덕 위로 쫓아 올라올 마음이 없는 것 같았다.

뒤늦게 일천여 명의 기마무사들이 도착했다.

검은 추적자들과 합세하더니 벌판에 섬처럼 우뚝 솟아 있는 언덕을 빙 둘러 포위한다.

第三章

벼랑 위에 선 사람들

1 죽일 수 없는 자

두 놈.

두 개의 악몽.

그것들을 마주하자 황보강은 오히려 침착해졌고, 유모량은 몹시 불안한 듯 눈길을 한곳에 두지 못했다.

황보강은 검은 갑주로 몸을 가리고 있는 그놈들을 알고 있었다.

투구의 가리개를 내려 눈만 내놓고 있지만 그놈들이 무엇인지 안다.

위풍당당한 큰 체구에 걸맞게 위압적인 기운을 풀풀 내뿜고 있는 자가 '고통' 이라는 놈이다.

그리고 차갑고 무심해 보이는 놈. 그놈이 바로 추격자들을 이끌고 지옥까지라도 목표로 삼은 자를 쫓아간다는 '망각' 이다.

암흑존자가 자랑하는 열두 개의 악 중 두 놈이 한꺼번에 찾아온 것이다.

고통이 기병의 무리를 거느리고 왔고, 망각은 여전히 검은 무복의 말없는 악몽들을 휘몰고 쫓아왔다.

말이 없고, 그래서 더욱 생기가 느껴지지 않는 끔찍한 것들.

황보강은 이미 몇 차례 조우해 본 적이 있어서 그것들이 얼마나 지독하고 끈질긴지 잘 안다. 그러나 두려움 대신 경멸과 혐오를 가지고 있었다.

하지만 처음 그것들을 겪어보는 호장충이나 그의 부하들은 그렇지 않았다.

고통과 망각이 검은 말을 타고 언덕 위로 올라온 순간부터 그들은 겁에 질려 꼼짝도 하지 못하고 있었다.

손발을 묶인 것처럼 굳어서 덜덜 떨기만 할 뿐, 싸우려는 의지마저 버렸다.

황보강은 오늘의 사정이 다른 어떤 때보다 어렵다는 걸 알았다.

유모랑이 싸울 의욕을 아직도 내비치지 않으니 그렇다.

호장충과 그의 무리에 대해서는 기대할 수도 없다.

'결국 나 혼자인가?'

싸울 의지가 아무리 넘쳐난다고 해도 혼자서는 이 난국을 타개할 수가 없다.

그렇다면 여기가 저의 무덤이 될 것이라고 생각하자 툴툴 웃음이 나왔다.

'좋아, 죽으면 죽는 거지.'

집착을 버리자 마음은 더욱 편안해졌다.

황보강의 그런 느긋함을 이해할 수 없다는 듯 고통이 머리를 갸웃거렸고, 망각은 한층 더 이글거리는 눈으로 노려보았다.

"이봐."

고통이 그를 불렀다.

"너는 참 특이한 놈이다."

"흥."

"죽는 게 두렵지 않은 거냐?"

"너같이 산 것도 죽은 것도 아닌 괴물이 되는 것보다 훨씬 나을 텐데 두려워할 이유가 없지."

"……."

비웃는 말에 고통이 입을 다물었다. 투구의 가리개 안에서 무섭게 번쩍이는 눈길을 쏘아 보내는 것이 단단히 화가 난 모양이었다.

황보강이 칼을 들썩였다.

"자, 해봐. 너희 두 놈만 할 거냐? 아니면 저 아래에 있는 놈들을 죄다 몰고 와도 좋다."

넘치는 그의 자신감은 아무리 너그럽게 생각해도 이해할 수 없는 것이었다. 터무니없다.

내내 말없이 황보강만 쏘아보고 있던 망각이 피식 웃음을 흘렸다. 턱짓으로 거만하게 가리키며 말하는데 여전히 억양 없는 건조한 음성이었다.

"존자에게 벌을 받는 한이 있어도 오늘은 네놈을 죽여 버리고 말겠다."

"벌을 받는다고? 상이 아니라 벌이란 말이지?"

"흐흐, 그동안 네놈이 예뻐서 살려주고 있었던 것인 줄 아느냐? 존자의 명령 때문이었지. 존자께서는 네놈의 한 가닥 목숨만은 남겨서 잡아오라고 하셨다. 하지만 이제는 죽이고 싶어지는구나."

"하하하!"

황보강이 두려워 떠는 대신 유쾌하게 웃었다. 그러더니 칼을 들어 망각을 가리켰는데, 그때는 무섭도록 침착하고 냉정한 모습이 되어 있었다.

"자, 이리 와라. 말에서 내려와. 누가 누구를 죽이는지 승부를 내보자. 설마 배짱도 없으면서 그런 헛소리를 지껄인 건 아니겠지?"

흐흥, 하고 코웃음을 친 망각이 천천히 말에서 내려왔다.

칼을 움켜쥐고 성큼성큼 다가온다.

고통은 그런 망각을 말리지 않았다. 말고삐를 쥐고 앉은 채 흥미롭다는 듯 바라본다.

유모량이 흠칫 놀라 뒤로 물러섰고, 호장충과 그의 무리는 더욱 그랬다. 여차하면 달아날 생각으로 하나같이 엉덩이를 뒤로 빼고 이리저리 눈치를 볼 뿐 싸울 의지 같은 건 조금도 찾아볼 수 없었다.

"지금이라도 늦지 않았다. 검을 내놔. 그러면 살려주겠다."

집요한 놈이다. 황보강이 허공에 칼을 뿌리고 나서 피식 웃었다.

"너에게 줄 검 같은 건 없어. 이미 다른 사람에게 주어버렸거든."

"뭐라고?"

망각이 흠칫 놀랐다.

"주다니? 그 검을 누구에게 주었단 말이냐?"

"알 것 없어. 네가 상관할 일이 아니니까."

"이놈!"

망각의 이글거리는 눈에 더욱 짙은 살기가 어렸다. 황보강에게 검이 없다면 더 이상 살려둘 가치가 없는 놈이라고 여긴게 틀림없다.

"핫!"

거센 기합성과 함께 망각이 즉각 칼을 휘둘러 쳐들어왔다.

캉!

엇비스듬하게 쳐올린 황보강의 칼과 망각의 칼이 부딪치며 새파란 불똥을 날렸다.

그리고 이내 두 사람은 거친 숨을 뱉어내며 맹렬하게 뒤섞였다. 서로를 노리는 칼이 매서운 바람 소리를 토해놓고, 번쩍이는 칼 빛이 낙뢰처럼 사방으로 떨어졌다.

전장에서 생과 사의 경계를 넘나들며 갈고닦은 황보강의 도법은 날카롭고 힘찼다. 끔찍하도록 실전적이다.

그의 칼에 실린 힘과 투지는 망각을 압도하고도 남을 만했다. 그러나 망각 또한 물러서지 않았다. 제 기량을 모두 발휘해 오직 달려들 뿐이다.

두 사람의 칼이 종횡으로 허공을 가르고 떨어질 때마다 날카로운 휘파람 소리 같은 파공성이 귀를 따갑게 했다.

그들의 어지러운 싸움은 누가 우위에 있는 건지 언뜻 판단할 수 없을 만큼 치열했다.

그러나 그런 싸움일수록 승패는 더 빨리 드러나게 마련이다. 어느 한쪽이 조금이라도 밀리기 시작하면 건잡을 수 없게 되기 때문이다.

기세와 흉흉함에서 밀리는 쪽은 황보강이 아니라 망각이었다. 비록 그의 칼이 사납고 도법이 훌륭했지만 황보강의 투지와 자신감에는 미치지 못했던 것이다.

"흐앗!"

망각의 입에서 탁한 비명성이 터져 나왔다.

황보강의 칼이 찍어버린 갑주가 쩍 갈라지고 그 사이로 시뻘건 살이 드러났다.

검은 피가 왈칵 뿜어진다.

어깨를 깊이 찍혀 왼쪽 팔이 덜렁거릴 지경이 되었지만 망각은 쓰러지지 않았다. 움직임이 둔해졌을 뿐이다.

황보강은 이제 그놈의 목을 노리고 있었다. 놈의 움직임이 둔해진 이 때밖에는 기회가 없다는 걸 잘 안다.

망각은 곧 부상에서 회복될 것이고, 그러면 더 분노하여 날뛸 게 뻔했다. 감당하기 힘들어진다. 그러기 전에 목을 쳐서 날려 버려야 한다. 그래야 그놈을 완전히 죽일 수 있다.

위잉 하는 무서운 바람 소리를 내며 황보강의 칼이 허공을 휩쓸었다.

망각의 두 눈이 처음으로 흔들렸다. 두려워하는 기색이 떠오른다.

카캉!

그가 겨우 칼을 들어 막았다. 조금만 늦었더라도 여지없이 목덜미를 찍히고 말았을 위험한 상황이었다.

이제 망각은 완연하게 밀리고 있었다. 누가 보아도 그의 패배가 확실해 보였다. 그러나 그는 아직 움직이고, 황보강 또한 거기에서 그만둘 수 없었다.

"이얏!"

기합성과 함께 더욱 용맹하게 칼을 휘두르며 달라붙는 것이 한번 잡은 기회를 결코 놓치지 않겠다는 투지가 눈부시게 빛났다.

동료 장수가 위기를 맞고 있지만 고통이라는 놈은 무심하기만 했다. 조금도 도와줄 마음이 없어 보이는 것이, 네 일은 네가 알아서 하라는 태도였다.

망각 또한 그런 고통으로부터 어떤 도움도 받고 싶은 마음이 없는 게 분명했다. 절체절명의 위기를 거듭 맞고 있지만 혼자서 감당할 뿐이었다.

황보강은 이 기회에 반드시 이놈을 죽여 지옥 속으로 떨어뜨려 버리겠다고 단단히 마음먹고 있었다. 한번 떨어지면 그곳에서 영영 나오지 못하리라.

쉬잉—

다시 그의 칼이 아슬아슬하게 망각의 턱 아래를 훑고 지나갔다. 그 통에 투구의 밑부분이 쩍 벌어져 검은 수염이 드러났다.

망각은 벌써 다섯 번이나 위기를 넘기고 있었는데, 그러는 동안 조금씩 부상에서 회복되어 가고 있었다. 심각해 보이던 어깨의 상처에서 더 이상 검은 피가 흘러나오지 않았고, 벌어졌던 상처도 서서히 사라져 가고 있었던 것이다.

황보강은 제 뜻대로 되지 않자 짜증이 났다.

제아무리 고수라고 해도 이처럼 격렬하게 움직이며 대항하는 놈의 목을 단번에 쳐버릴 수는 없다.

아니, 목을 쳐서 날려 버린다는 것 자체가 결코 쉬운 일이 아닌 것이다.

무릎 꿇려 앉혀놓고 뒤에서 한다고 해도 그렇다. 고수라고 해도 단번에 그렇게 해버릴 수 있는 자는 흔치 않다.

사람의 뼈라는 게 생각보다 단단하고 근육과 힘줄이 질기며 살점이 칼의 충격을 흡수해 버리기 때문이다.

잘 노리고 있다가 뼈와 뼈 사이를 정확하고 강렬하며 빠르게 내려치지 않고서는 불가능하다. 그뿐 아니라 내려치는 동시에 베어야 하는 것이니 더욱 쉽지 않은 게 목을 치는 일이었다.

그러니 격렬한 싸움 중에 그렇게 할 수 있는 자는 없다고 해도 틀린 말이 아니다. 그게 현실이다.

황보강은 분했지만 제 의욕만으로 되는 일이 아니라는 걸 절실히 느꼈다. 그렇다면 이놈들을 영영 죽여 버릴 수 있는 방법은 없는 것과 마찬가지다.

캉!

두 사람의 칼이 다시 한차례 맹렬하게 부딪쳤다. 망각의 칼 힘은 이제 완전히 되살아나 있었다.

황보강이 더 이상 싸울 마음을 잃은 듯 훌쩍 뛰어서 물러섰다.

"대체 이런 불공평한 싸움이 어디 있단 말인가?"

불만과 노여움이 가득한 얼굴로 망각을 노려보았다. 망각 또한 그랬는데, 황보강에 대한 살기를 더욱 짙게 피워 올리고 있었다.

망각이 조금 전에 당한 일을 생각하고 분노에 떨며 말했다.

"놈, 오늘 반드시 네놈을 죽이고 말 테다."

황보강을 가리키는 칼끝이 거칠어진 그의 숨결을 따라 흔들린다.

"그쯤 했으면 됐어."

다시 시작하려는 망각의 뒤에서 고통이 불쑥 그렇게 말했다.

"저놈도 이제는 충분히 알았을 것이다, 결과가 어떻게 될

지를. 두려움을 느꼈겠지. 그거면 충분해."

망각이 신경질적으로 고통을 돌아보았지만 반발하지는 못했다. 고통의 서열이 저보다 높은 것이다.

그가 부드득 이를 갈더니 황보강을 무섭게 노려보면서 천천히 뒤로 물러섰다. 그리고 이번에는 고통이 갑주를 쩔그렁거리며 다가왔다.

2 유모량의 선택

황보강은 곤란하다고 생각했다. 방금 망각과 싸우느라 힘을 많이 소모했는데, 다시 한 놈이 나서지 않는가. 게다가 죽일 수도 없는 놈들이라는 데에 더욱 짜증이 났다.

이럴 때에 유모량이 도와준다면 훨씬 낫겠는데, 그는 그저 멍하니 고통을 바라보고 있기만 할 뿐 조금도 싸울 생각이 없는 것 같았다.

아니, 돌아보는 황보강과 눈길이 마주치자 볼에 가느다란 경련이 일어나는 것이 내면의 갈등과 심한 싸움을 하고 있는 것 같았다.

황보강은 그가 지금 자기 자신의 두려움과 치열하게 싸우고 있는 중이라는 걸 짐작했다.

그렇다면 그가 어서 마음을 정하고 도와주기를 바랄 수 있을 뿐, 소리쳐 강요할 수 없는 일이다.

속으로 한숨을 쉰 황보강이 천천히 고통과 마주했다.

투구 속에서 그놈이 차갑게 웃었다.

말에서 내려 칼을 쥐고 한껏 여유와 거만을 떨며 느긋하게 다가온 그가 황보강과 다섯 걸음을 두고 섰다.

"무언가 착각하고 있군. 나는 너 때문에 온 게 아니다. 너를 보러 온 건 저 망각이지. 그러니 내 앞에서 비켜주었으면 좋겠다."

"내가 아니라고?"

황보강이 어리둥절해서 바라보았다. 고통이 눈으로 황보강의 뒤를 가리켰다.

"나는 저 늙은이에게 볼일이 있다."

"그래? 그렇단 말이지?"

황보강은 고통이 유모량을 찾는 이유를 짐작하고 있었다.

역시 검 때문이다. 유모량이 두 자루의 검을 그놈에게 주어야 한다고 말하지 않았던가. 그놈은 물론 암흑존자에게 그것을 가져다 바칠 것이다.

황보강은 잘된 일이라고 생각했다. 어느 쪽이 되었든 유모량은 제 길을 선택할 수밖에 없을 것이기 때문이다.

'상관없지.'

황보강은 그렇게 생각하고 뱃심을 든든히 했다.

만약 유모량이 검을 넘겨주려고 한다면 그와 싸워서라도 막을 생각이었다.

절대로 신검이 암흑존자의 손에 넘어가도록 해서는 안 된다.

황보강이 비켜서자 유모량은 눈초리를 떨며 주춤거리고 다시 물러섰다. 갈등이 증폭되어 걷잡을 수 없는 모양이었다.

갑주 소리를 쩔그렁거리며 황보강의 앞을 지나쳐 간 고통이 그런 유모량을 정면으로 바라보며 섰다.

"늙은이, 기한이 다 되었다. 약속을 지켜야지?"

유모량은 품에 용수신검을 안고 있었다. 어미가 젖먹이 아이를 필사적으로 품고 있는 것 같은 모습이었다.

고통이 그런 유모량을 보며 고개를 갸웃거렸다.

"왜 아직도 한 자루뿐이냐? 지금쯤은 두 자루를 모두 가지고 있어야 할 텐데?"

"아, 아직… 시간이 더 필요하오."

"너는 나를 짜증나게 하는구나. 설마 네가 늙어서 죽을 때까지 기다리고 있으라는 건 아니겠지?"

"보름만 더 여유를 주시오. 그러면 담사헌이 한 자루의 검을 가지고 올 것이오. 그때 그 검을 취해서 주면 되지 않겠소?"

"담사헌이라고? 그가 누구지? 그가 왜 검을 가지고 있지?

그리고 왜 너에게 그것을 준단 말이냐?"

"실은 내가 아니라 저 녀석에게 주는 것이오. 빌려간 것을 돌려주는 것이지. 그러면 내가 저 녀석에게서 그것을 빼앗겠소."

"흥, 그가 저놈에게서 검을 빌려갔단 말이지? 그리고 늙은이 네가 저놈에게서 다시 그것을 빼앗고?"

"그렇소. 보름만 기다리면 그렇게 될 것이요."

"흐흥, 늙은이, 너는 정말 멍청하구나."

고통이 연신 코웃음을 치며 유모량을 비웃었다.

세상에 무서울 게 없는 유모량이지만 고통 앞에서는 보잘것없는 늙은이에 지나지 않았다. 그가 저를 모욕해도 그저 받아들일 뿐 반발하지도 못했다.

고통이 버럭 화를 냈다.

"늙은이! 네가 이제는 감히 나를 속이기까지 하려는 것이냐? 네가 저놈에게서 검을 빼앗겠다고? 흥! 개가 웃을 소리 그만해라. 너는 오히려 저놈에게 네 늙은 목숨을 빼앗기지 않을까 두려워해야 할 것이다! 너는 저놈을 열에 하나도 알지 못하고 있으면서 그런 소리를 지껄이니 나를 놀리는 것이냐?"

크고 무서운 기운이 와락 일어 유모량을 찍어 누른다.

유모량이 놀라서 볼을 떨며 다시 물러섰다.

그가 두려워하고 겁을 먹을수록 고통의 기운은 커져 갔다.

그러면 더 두려워할 수밖에 없다.

그것을 알련만 유모량은 자신의 두려움에서 벗어나지 못하고 있었다.

그런 그와 그를 위협하고 있는 고통을 바라보면서 황보강에게 측은지심이 생겼다.

고통이 불쑥 손을 내밀며 다시 말했다.

"좋다. 보름을 더 기다려 주지. 먼저 그 검을 내놓아라. 그런 다음에 네 팔 하나를 잘라 가지고 돌아가겠다. 그것을 보면 존자께서도 아량을 베푸실 것이다."

유모량의 얼굴이 흙빛이 되었다. 모욕감으로 치를 떨면서도 분노를 애써 참고 있는 모습이 역력했다.

그들을 지켜보던 황보강이 탄식하며 말했다.

"유 대협, 당신의 호기와 자신감은 다 어디로 갔습니까? 당신에게는 용수신검 한 자루가 있다는 걸 잊지 마십시오. 당신의 실력이라면 그것으로 저 오만무례한 놈을 죽일 수 있을 것입니다. 당신을 조롱하고 모욕한 놈에게 통쾌하게 복수하고 싶지 않으신 겁니까?"

그 말에 유모량이 검을 바라보고 고통을 바라보았다. 그의 눈빛이 조금씩 살아나기 시작했다. 이글거린다.

'용수신검은 이 세상에서 악몽들을 죽일 수 있는 유일한 물건이다. 일대일의 싸움이라면 누구에게도 지지 않을 자신

이 있다. 나에게는 지금 용수신검이 있고, 저놈은 혼자다.'

그런 생각들이 머릿속에서 충동을 해대지만 유모량은 여전히 망설이고 있었다.

악몽과 암흑존자에 대한 뿌리 깊은 두려움 때문이다.

황보강이 다시 말했다.

"정 두렵다면 그 검을 나에게 던져 주십시오. 그러면 내가 유 대협 대신 저놈을 통쾌하게 죽여 복수해 드리겠습니다."

그 말에 유모량이 황보강을 바라보았다. 손을 내밀고 있는 그를 보고, 저쪽에 물러서서 음침한 눈길을 번쩍이고 있는 망각을 본다.

황보강은 무쇠로 만든 칼 한 자루만으로도 저놈을 물리쳤다. 그러니 이 검을 가지면 고통이라는 놈을 능히 죽일 수 있을 것이라는 믿음이 생겼다.

"이놈!"

유모량이 머뭇거리자 고통이 황보강을 돌아보며 버럭 노성을 터뜨렸다.

"이건 네 일이 아니니 상관하지 마라!"

살기와 노여움을 터뜨리지만 황보강은 유모량과 달랐다. 조금도 두려워하지 않는다.

그의 느긋한 여유 앞에서 고통은 제 무서운 기운을 증폭시키지 못했다.

유모량이 길게 한숨을 쉬고 입을 열었다.

그의 얼굴은 이제 본래의 빛을 되찾았고, 두려움과 망설임으로 흔들리던 눈길이 침착한 중에 담담해졌다.

"그럴 것 없어. 내가 하겠다."

"뭐라고? 늙은이, 네가 감이 존자의 명령을 따르지 않겠단 말이냐?"

유모량이 허탈한 웃음을 흘렸다.

"허허, 그래. 이까짓 삶에 더 미련을 두어 무엇 하겠느냐? 이만큼 살았으면 천수를 누렸다고 할 수 있지. 젊어서부터 강호에 군림하며 천하를 굽어보던 내가 아닌가. 부귀와 명예도 그만하면 원 없이 얻었고 누렸다. 마지막을 추하게 맞느니 깨끗하고 장렬하게 맞이하는 게 이 금검운보 유모량에게 어울리는 일 아니겠는가."

엄숙한 모습이고 엄숙한 말이었다.

고통이 흠칫 놀랐다.

"너는 정말 존자의 노여움을 살 작정이냐? 두렵지 않단 말이냐?"

유모량이 단호한 눈으로 고통을 바라보았다. 더 이상 흔들리지 않는다.

"존자의 손에 내 목숨을 넘겨주지 않겠다. 그러니 더 이상 그를 두려워할 필요가 없지. 살고 죽는 게 모두 덧없는 일인데 굳이 죽음만을 두려워한다면 삶이 가엾어지는 것이야."

"호흐, 너는 갑자기 득도한 것처럼 말하는구나. 존자께서 너에게 주겠다고 하셨던 그 영광마저도 이제는 필요없다는 것이냐?"

"훙, 그는 나에게 십삼악의 수좌 자리를 주겠다고 했다. 하지만 그 약속을 한 사람이 나 하나만이 아닌 것 같던데?"

황보강을 힐끔 바라본다.

유모량의 그 말에 황보강이 깜짝 놀랐다.

암흑존자가 그에게도 십삼악의 우두머리를 삼겠노라고 했다니 그렇다.

유모량이 다시 말했다.

"그러나 나는 이제 존자의 말이 거짓이라는 걸 확실히 알았다. 그가 마음에 두고 있는 사람은 따로 있으니 나와의 약속을 깨뜨린 건 바로 존자라고 해야 하겠지."

황보강은 유모량의 말에 놀라는 한편, 대황국의 뇌옥 안에서 만났던 한 사람을 떠올렸다.

보아찰합.

사막의 용사 중 용사였으며 신주국의 대장군이었던 노인.

황보강은 그가 나운선인의 기대를 받았던 영웅이라는 걸 알고 있었다. 나운선인은 보아찰합에게서 호랑이를 보지 않았던가.

하지만 운명은 그를 떠났고, 그래서 나운선인은 황보강을 택했다.

보아찰합은 가슴속에 아직 영웅의 기상을 가지고 있었다. 그러나 지금은 한쪽 다리를 저는 볼품없는 노인이 되어서 그저 고향으로 무사히 돌아갈 수 있기만을 원할 뿐이다.

그와 같이 암흑존자 또한 유모량을 주목했으나 이제는 마음이 떠났던 것이다.

그의 앞에 황보강이 나타났기 때문이다.

유모량이 천천히 신검을 뽑았다.

번쩍이는 검광이 주위의 어둠을 물리치며 눈부시게 빛났다.

고통은 그 검을 확실히 두려워하고 있었다. 검이 검집에서 뽑혀 나오자 주춤거리며 뒤로 물러섰던 것이다.

그가 유모량을 가리키며 흐흐 웃었다.

"좋다. 네가 감히 존자를 배신했으니 그 결말이 어떻게 될지 잘 알고 있겠지?"

위협하더니 이번에는 황보강을 무섭게 노려보았다.

"모두 죽여 버리고 말겠다. 너만은 반드시 내 손으로 직접 죽여주지. 목을 들고 존자에게로 돌아갈 테다."

유모량의 변심이 황보강 때문이라고 여긴 것이다. 그래서 더 큰 증오를 쏘아 보낸다.

그가 잔뜩 화난 걸음으로 쿵쿵거리며 물러가더니 훌쩍 검은 말 위에 올라탔다.

"아무도 살아서 이 언덕을 떠나지 못할 것이다."

다시 한 번 위협한 고통이 망각과 함께 말을 몰아 언덕 아래로 달려 내려갔다.

3 그가 올 것이다

"힘든 결정을 하셨습니다."

황보강의 활짝 웃는 얼굴을 보면서 유모량이 씁쓸한 미소를 지었다.

"이제 알았을 테지?"

"뭘 말입니까?"

"나의 정체에 대해서 말이야."

황보강이 의기소침해진 유모량의 주름진 손을 잡았다. 저의 따뜻한 체온을 전해준다.

"유 대협이 과거에 어떤 사람이었는지는 중요하지 않습니다. 지금 어떤 사람이냐가 중요할 뿐이지요."

"대협은 무슨. 그만두어라. 내 욕심과 야망에 빠져서 그동안 은밀히 암흑존자와 거래하며 그의 하수인 노릇이나 하고 있었는데 대협이라는 말을 들을 자격이 있겠느냐?"

"그와 같은 유혹을 받으면 누구나 흔들릴 것입니다. 하지만 유 대협처럼 끝내 떨쳐 버리고 본연의 자신으로 돌아올 수 있는 사람은 드물겠지요. 그러니 그게 더 대단한 일 아니겠습니까?"

"정말 그렇게 생각하느냐?"

"정말이고말고요. 저에게 유 대협은 언제까지나 영웅으로 존재할 것입니다."

"흘흘, 영웅은 무슨. 그만둬라. 낯 뜨겁다."

유모량이 비로소 환하게 웃었다.

"이제 늙어서 죽을 날이 머지않았는데 십삼악의 우두머리로서 영광을 누리는 게 무슨 재미가 있을 것이며, 늙은 십삼악이 무슨 위험이 되겠느냐?"

회한에 잠겨서 한숨을 쉰다.

유모량은 제가 진작 이렇게 했어야 하는데 그러지 못한 걸 후회했다. 여태까지 암흑존자의 하수인 노릇을 하면서 구구한 삶을 이어오고 있었다는 게 지금처럼 후회스럽고 한심하게 여겨진 적이 없다.

황보강이 심각하게 물었다.

"암흑존자는 화가 나서 유 대협의 생명을 더 이상 연장시켜 주지 않을 것입니다. 그래도 괜찮겠습니까?"

"나는 벌써 죽었어야 할 몸이다. 하늘로부터 받은 수명이

오십네 살까지였는데 그동안 암흑존자의 충복 노릇을 하면서 십 년이 넘게 더 살았다. 그러니 역천을 행하면서까지 수명을 늘려왔던 것이지. 지금 죽는다고 해도 후회될 게 없지 않으냐?"

그렇게 말하는 유모량의 노안에는 벌써 죽음의 그늘이 드리워지고 있었다.

"이제 어떻게 할 것이냐?"

그가 화제를 돌리려는 듯 엄숙하게 물었다.

언덕 아래에서는 일천여 명의 기마 무사들과 망각의 수하들인 흑무사들이 술렁이고 있었다.

진을 정비하고 여러 개의 무리를 이루는 것이 곧 언덕 위로 쳐 올라오려는 모양이었다.

"이리 와보시오."

그들의 움직임을 유심히 바라보던 황보강이 호장충을 손짓해 불렀다. 그는 저쪽에 모여서 잔뜩 겁먹은 채 웅크리고 있는 병사들 속에 끼어 있었는데, 눈을 뒤룩거리며 황보강과 유모량의 눈치를 보고 있는 중이었다.

"당신은 이제 어떻게 할 생각이요?"

묻자 호장충이 머리를 설레설레 흔들었다.

"저 죽지도 않는 괴물 같은 것들이 길을 가로막고 있으니 성으로 돌아가기는 틀렸지 뭐요. 제기랄."

기병들 모두를 포함해 병사들을 반이나 잃은 그로서는 성으로 간다고 해도 이제는 그것을 빼앗을 수가 없다.

황보강을 물끄러미 바라보던 호장충이 길게 한숨을 쉬었다.

그는 조금 전 황보강이 망각과 싸우는 걸 보았고, 고통이 유모량을 두려워하여 달아나는 걸 보았다.

이제 믿을 건 이들 두 사람밖에 없다고 생각하지 않을 수 없다.

다시 한숨을 쉰 그가 처량하게 말했다.

"우리는 이제부터 당신과 함께하겠소이다."

일이 이렇게 된 게 모두 너 때문이니 책임지라는 듯 바라본다.

그가 청화륜을 무사히 대황국에 인도했다면 저놈들이 찾아오지 않았을지도 모른다.

아니, 망각은 여전히 검을 노리고 황보강을 쫓아왔을지도 모른다. 고통이라는 자 또한 유모량을 찾아왔을 것이다.

하지만 그 일과 호장충과는 아무 상관이 없으니 그의 꼴이 지금과 같이 처량해지지는 않았을 것이다.

그런 생각은 황보강으로 하여금 호장충과 그의 병사들에 대하여 미안한 마음을 갖게 했다.

황보강이 호장충의 손을 잡고 말했다.

"우리는 저놈들과 싸워서 이길 수가 없소. 하지만 희망이 아주 없는 것도 아니요. 이 중 더러는 죽게 될지라도 나머지는 살아서 이곳을 빠져나갈 수 있을 테니 너무 걱정하지 마시오."

"그게 정말이요?"

"나와 함께하겠다고 했으니 내 말을 믿으시오."

"좋소, 우리 중 반의반만 살아날 수 있다고 해도 나는 당신의 명을 기꺼이 받들겠소."

호장충이 호기롭게 말했다. 살아날 희망이 있다는 말에 힘을 얻은 것이다.

"저놈들이 이곳으로 쳐 올라오기 전에 우리도 대비를 하는 게 좋겠소."

"명령만 내리시오."

"포위를 뚫고 달아나는 건 불가능하니 이 언덕을 거점으로 삼아 농성을 해야 하는데 그러자면 방어에 유리한 상황으로 만들어야 할 것이요."

다행히 언덕 뒤쪽은 경사가 가파르고 돌출된 바위가 많은 지라 열 사람으로 백 명을 막아낼 만했다.

황보강은 우선 앞쪽과 좌우 옆의 경사면에 방어선을 치기로 했다.

그의 지시에 따라 오백 명의 병사가 일개미들처럼 부지런히 움직였다.

부하들을 독려하는 호장충의 호령 소리에 점점 힘이 실리고 있었다.

언덕에 울창하게 솟아 있는 나무를 베어와 얼기설기 쌓자 급한 대로 방벽이 만들어졌다. 밖에서 뛰어들기는 어렵고 안에서 방어하기는 쉬운 진이 급조된 것이다.

다음으로는 크고 작은 돌들을 모아 여기저기 무더기를 만들었다. 위에 있다는 장점을 최대한 살려 밑에서 올라오는 놈들에게 던져 댈 생각이었다.

언덕을 기어 올라오는 놈들은 진격에 지장을 받을 것이고, 한 놈이 돌에 맞아 굴러 떨어지면 열 놈이 진로의 방해를 받게 될 것이다.

그와 같은 준비를 하는 데 두 시진밖에 걸리지 않았다. 그들이 제 몸을 돌보지 않고 얼마나 정신없이 움직였는지 증명해 주는 일이었다.

당장 언덕 위로 쳐 올라올 것 같았던 악몽들은 무슨 이유인지 채비를 단단히 갖춘 채 기다리고 있었다.

그것도 황보강에게는 다행스럽기 짝이 없는 일이었다. 방어선을 칠 시간을 벌 수 있었기 때문이다.

황보강이 알 수 없다는 듯 유모량에게 말했다.

"저놈들이 왜 우리에게 준비할 시간을 주는 걸까요?"

유모량이 언덕 아래를 가리키며 말했다.

"우리가 아무리 방비를 한다고 해도 이까짓 방어선쯤은 단번에 무너뜨려 버릴 수 있다는 자신감이지. 해볼 테면 해봐라. 아무 소용도 없다는 걸 가르쳐 줄 테다. 이런 생각인지도 몰라."

그렇게 되면 호장충과 그의 병사들은 더욱 사기가 꺾이고 말 것이다. 그러면 한 명도 살아나지 못할 게 불을 보듯 뻔하다.

아니, 저렇게 포위만 하고 있어도 언덕 위에 고립된 그들은 하루나 이틀을 버티지 못할 것이다. 배고픔과 목마름이야말로 저놈들보다 더 무섭고 끔찍한 상대라는 걸 절실히 느끼게 될 테니 그렇다.

다들 탈진 상태에 이르렀을 때 느긋하게 걸어 올라온다면 누가 그들을 막을 수 있을 것인가.

황보강은 그걸 가장 걱정했다.

하지만 그렇지 않을지도 모른다. 저놈들에게 다른 사정이 있을 수도 있다.

묵묵히 생각에 잠겨 있던 유모량이 황보강의 그런 의문에 답을 주듯이 불쑥 말했다.

"어쩌면 저놈들은 한 사람을 기다리고 있는 건지도 모른다. 아니, 그게 틀림없어."

"한 사람?"

"암흑존자가 오기를 기다리고 있는 거야. 틀림없다."

"아, 그가 이곳에 온단 말입니까?"

"만약 정말 그렇다면 그건 나를 만나기 위해서겠지."

침묵하더니 무겁게 한숨을 쉬었다.

"그렇다면 우리는……."

말을 마치지 못하고 부르르 몸을 떠는 그의 얼굴 가득 두려움이 실렸다.

황보강이 결연하게 말했다.

"그가 온다면 잘된 일입니다. 이번에야말로 반드시 그 늙은이를 죽여 다시는 이와 같이 황당한 일을 꾸미지 못하도록 할 절호의 기회이니까요."

"그를 죽인다고?"

유모량이 멍하니 황보강을 바라보았다.

"여태까지 몇 번 그 늙은이와 대면했지만 죽일 기회를 얻지 못했지요. 하지만 이번에는 그렇지 않을 것입니다."

"……."

"유 대협에게는 지금 신검이 있지 않습니까? 그 늙은이가 이리로 올라온다면 한번 들이쳐 베어버리면 되는 일입니다. 유 대협의 무공이라면 면전에 있는 그런 늙은이 하나 처리하는 건 식은 죽 먹기겠지요. 그의 호위들이 방해할 새도 없이 그렇게 할 수 있을 것입니다. 존자가 죽으면 저 아래의 끔찍한 놈들은 저절로 꺼져 버릴 테니 모든 게 끝나지 않겠습니까?"

확신에 가득 차 있는 황보강을 보면서 유모량이 천천히 고개를 끄덕였다.

저 악몽이라는 놈들은 모두 암흑존자가 만들어낸 허깨비들이다. 그들에게 생명을 불어넣었고, 그것을 유지시켜 주고 있는 게 암흑존자이기 때문이다.

그러니 그가 죽어버린다면 악몽이라는 것들은 더 이상 생명을 공급받지 못하고 제 본래의 모습인 초라한 주검으로 돌아갈 것이다.

그렇게 되면 이 벌판에 썩은 냄새가 진동할 것이다. 하지만 그것들은 거름이 되어 내년 봄에 더 많은 풀과 꽃들을 피워낼 것 아니겠는가.

그게 자연의 순리다.

지금은 역리가 세상에 만연하고 있지만 언젠가는 반드시 순리로 돌아갈 것이다.

유모량은 제가 이곳에서 암흑존자를 죽여 역리를 순리로 되돌려 놓는 그 일을 하겠다고 결심했다.

그가 왔다.

유모량은 더 이상 떨지 않았다.

오히려 침착한 것이 강호에서의 위엄을 되찾은 것 같았다.

황보강은 그게 위험하다는 걸 알고 있었다.

죽음 앞으로 끌려갈 때는 두려워 발버둥치지만 정작 죽음과 대면하자 침착해지는 것과 다름없기 때문이다. 체념이 그렇게 만들어준다.

고통과 망각, 그리고 다른 한 놈.

황보강은 그놈이 광기라는 걸 알아보았다.

암흑존자의 열두 명의 대장 중 당당히 세 번째 자리를 차지하고 있는 자, 그리고 생전에는 '검은곰'으로 불렸던 자.

도울 각하의 충의군 내에서 가장 골치 아픈 말썽꾸러기였지만 귀호대로 이적해 와서는 용사 중의 용사가 되었다. 그래서 황보강이 가장 믿고 기대했던 바로 그자, '검은곰'인 것이다.

척망평의 일전에서 죽었으나 이제는 광기가 되어 암흑존자에게 충성하는 괴물로 다시 살아났다.

그리고 그들 앞에 서 있는 초라한 늙은이.

암흑존자.

그는 누가 보든 금방이라도 쓰러져 죽어버릴 것 같은 늙은이에 지나지 않았다.

주름살투성이인 얼굴과 추레한 몰골은 물론, 구부정하게

굽어진 어깨가 무거운 듯 지팡이에 의지해 간신히 서 있으니 더욱 그렇다.

그런 노인의 모습 어디에도 그가 어둠의 세계를 지배하고 십만 명이나 되는 악몽을 부리는 신과 같은 존재라는 느낌은 없었다.

불쌍하고 가엾은 늙은이에 지나지 않는 존재.

그가 오직 광기의 호위를 받으며 노새를 타고 느릿느릿 이 검은 벌판으로 찾아온 것이다.

그를 기다리고 있던 고통과 망각이 즉각 달려가 맞이했고, 그 길로 언덕으로 호위해 올라왔다.

나귀는 한가롭게 풀을 뜯고 있었다.

무거운 침묵이 언덕 위를 칙칙하게 뒤덮었다.

"흘흘—"

뜬 듯 아닌 듯한 눈으로 물끄러미 황보강을 바라보기만 하고 있던 암흑존자가 쉰 웃음을 흘렸다.

4 추괴한 늙은이, 암흑존자

"어디 멀리 가 있는 줄 알았더니 고작 이런 곳에서 아이들과 투덕거리고 있었구나?"

지고 있을 황보강이 아니다.

"당신은 벌써 늙어 죽은 줄 알았는데 아직도 그 모양으로 숨을 붙이고 있으니 참 딱한 일이구려."

"흘흘, 그놈 참……."

황보강의 무례하기 짝이 없는 말에 악몽의 세 장군이 분노를 드러내지만 암흑존자는 버릇없는 철부지 손자의 재롱을 본다는 듯이 즐거워했다.

"어떠냐, 이제 그만하면 세상의 단맛, 쓴맛을 고루 보았을 테니 만족했겠지?"

"나는 아직 쓰고 지독한 맛만 보았을 뿐 단맛을 보지 못했는데 무슨 소리요?"

"네가 기대하는 단맛이 어떤 건데? 원한다면 내가 그것을 네게 줄 수도 있다."

"그거 고마운 말이군. 내 눈앞에서 당신이 당장 뒈져 버린다면 그것보다 달콤한 맛을 없을 거야. 어때, 그래 줄 수 있소? 나를 위해서?"

"흘흘……."

암흑존자는 여전히 웃었고, 악몽의 세 장군은 폭발하려는 노여움을 이를 갈며 가까스로 참고 있었다. 그리고 한쪽에서 그들을 지켜보는 유모량은 놀람으로 굳어져 갔다.

황보강이 암흑존자에게 저와 같이 무례할 수 있다는 게 놀랍고, 존자가 그런 그를 여전히 받아들이고 있다는 게 믿어지지 않았다.

유모량은 그것이 황보강의 자신감이고 그에 대한 암흑존자의 애정이라는 걸 짐작했다.

존자가 왜, 무엇 때문에 황보강에게 그토록 이끌렸는지 모르나 그에게 기울이는 애정은 모두의 질투를 불러일으키고, 그래서 황보강에 대한 살의를 참을 수 없게 하기에 충분했다.

그를 노려보며 이를 갈고 있는 악몽의 세 장군이 바로 그렇다.

그러나 그들은 암흑존자의 면전에서 감히 발작을 할 수 없었다. 분한 숨을 거칠게 내쉬며 잡아먹을 듯 노려볼 뿐이다.

암흑존자가 느릿느릿 유모량에게로 돌아섰다.

그를 바라보는 얼굴은 황보강과 대면할 때와는 달라도 너무나 달랐다.

냉엄하고 음침하며 사악한 것이 세상에 그보다 무서운 얼굴은 없을 것 같았다.

"흐흐, 네가 감히 내 뜻을 거스르기로 했단 말이지?"

유모량이 주춤주춤 뒷걸음질 쳤다. 마음을 단단히 먹고 있었지만 이렇게 암흑존자의 무서운 얼굴을 대하자 두려움이 그의 영혼을 다시 지배했던 것이다.

"조, 존자, 그것은……."

"흥, 이제는 내 앞에서 변명까지 늘어놓을 작정이냐?"

유모랑의 겁먹은 눈이 황보강에게 향했다. 그가 이 곤란한 상황에 끼어들어 주기를 간절히 바라지만 황보강은 팔짱을 낀 채 지켜보기만 하고 있었다.

당신의 결정을, 마음의 굳셈을 내게 입증해 보이라는 것 같다.

유모랑은 자기 자신을 돌아보았다. 저토록 당당한 황보강과 자신의 지금 이 모습이 극명하게 대조되지 않는가.

부끄러웠다.

강호에서의 제 명성과 여태까지 살아온 날들의 화려함이 이 언덕 위에서, 암흑존자 앞에서는 모두 부끄러움이기만 했다. 아니, 황보강 앞에서이기에 더욱 그렇다.

유모랑이 숙이고 있던 고개를 번쩍 들었다. 더 이상 눈길을 피하지 않고 암흑존자를 똑바로 바라본다.

'죽으면 죽으리라.'

그렇게 결심하자 뱃심이 생겼다.

살기 위해 발버둥칠수록 암흑존자의 마수에 더 깊이 빠져든 날들이었다. 그러나 이제 그 욕심을 버리리라. 지금 죽어도 여한은 없다.

그렇게 마음을 먹고 죽음을 결심하자 모든 두려움이 사라졌다.

유모량이 침착하게 말했다.

"나는 더 이상 존자의 노예가 아니요."

"그래?"

"늦은 감이 있지만 나는 지금부터라도 당당하게 내 운명 앞에 서겠소."

"흐흐, 나와 맞서 싸우겠단 말이지?"

"내 운명을 짓누르고 있던 어둠에서 벗어나 광명의 길로 다시 올라서겠다는 것뿐이오."

"너의 무능력함에 대한 변명은 아니고?"

"그렇게 조롱해도 할 말은 없소. 그러나 내가 지금 무얼 해야 하는지는 그 어느 때보다 확실히 알고 있소이다."

"나를 죽이겠다는 것이겠지."

"그렇소."

"흘흘, 미련한 놈."

암흑존자가 가소롭다는 듯 웃었다.

"좋다. 너에게 지옥의 고통이 어떤 건지 영원히 느끼게 해 주겠다. 그곳에 떨어져 날마다 온몸이 찢기고, 악귀들의 노리개가 되어 톱에 썰리며, 끓는 기름에 튀겨지게 될 것이다. 매일 반복되는 그 일이 영원히 계속되리라."

지독한 말이다.

유모량의 얼굴이 새파랗게 질렸다. 황보강은 여전히 팔짱을 낀 채 바라보기만 하고 있었다.

이 고비를 넘기지 못하면 다시 암흑존자의 노예가 되어 치욕과 수모를 받으며 남은 삶을 살게 될 것이라고 침묵으로 말해주는 것이다.

유모량은 이를 악물고 온 힘을 다해 그 두렵고 떨리는 고비를 넘겼다.

그가 다시 담담해진 얼굴로 말했다. 오른손이 용수신검의 자루를 잡고 있었다.

"그건 그때의 일. 지금은 빼앗겼던 나의 의지를 되찾는 일이 더 소중하오."

스르릉—

검이 완전히 검집을 벗어났다.

눈부신 백색 광채가 뻗어 나와 사방을 대낮처럼 밝게 했다. 암흑존자를 둘러싸고 있던 어둠이 쪼개지며 밀려난다.

"으음—"

암흑존자의 늙은 얼굴이 심각해졌다. 그리고 뚫어지게 신검을 바라보는 눈 깊은 곳에서 맹렬한 노여움이 숯불처럼 이글거렸다.

핏!

황보강이 가르쳐 주었던 대로 유모량은 조금의 주저함도 없이 암흑존자의 가슴으로 뛰어들며 검을 찔러 넣었다.

그 쾌속함이 가히 번갯불이 번쩍이는 것과 같았다. 하지만 그가 찌른 건 텅 빈 허공이고 공허였다.

거기 있어야 할 암흑존자가 허깨비처럼 꺼졌는데, 어리둥절했던 유모량이 정신을 차렸을 때 세 장수의 뒤에서 그의 음침한 음성이 들려왔다.

"죽여라."

그 말이 떨어지기만을 기다리고 있었던 듯 고통과 광기, 망각이 갑주 소리를 쩔렁거리며 쿵쿵거리고 달려나왔다.

유모량은 이내 그들 세 명, 어둠의 장수들에게 에워싸였다. 번쩍이는 칼이 스산한 빛을 뿌리며 위협하지만 유모량은 검을 품에 안듯이 한 부드러운 자세를 유지한 채 움직이지 않았다.

"합!"

누군가의 입에서 짧고 격한 기합성이 터져 나왔고, 동시에 세 장수의 칼이 부웅 하는 요란한 바람 소리를 내며 유모량을 삼면에서 들이쳤다.

유모량이 홱 돌아서며 검을 뿌렸다. 요란한 쇳소리와 불똥이 어두운 하늘 높이 퍼져 나간다.

이내 그들 네 사람은 들어오고 나가기를 거듭하면서 격렬하게 뒤얽혔다.

그들의 싸움을 지켜보던 황보강이 뽑아 든 칼을 휘둘렀다.

"차합!"

기합 소리도 우렁차게 그대로 암흑존자에게 쳐들어간다.

휘잉 하는 칼바람 소리에 귀청이 찢어질 지경이었다.

암흑존자가 흘흘 웃었다.

제 목을 노리고 떨어지는 황보강의 칼쯤은 안중에도 없다는 듯했다.

콰!

기어이 그것이 암흑존자의 목덜미를 찍었다.

굉장한 소리가 나고, 두 동강이 난 칼이 번쩍이며 허공을 날았다.

"우욱!"

황보강은 고스란히 되돌아온 제 힘을 견디지 못하고 물러섰다. 팔목이 떨어져 나갈 것처럼 아프고, 손아귀가 찢어져 피가 흘렀다.

'대체 왜?'

이해할 수 없는 눈으로 제가 방금 내려친 곳을 바라본 그가 눈살을 찌푸렸다.

분명 암흑존자를 노리고 있는 힘껏 내려쳤는데, 거기 있는 건 반으로 쩍 갈라진 바위 한 개였다.

이해할 수가 없었다.

대체 저 늙은 괴물이 또 무슨 요상한 사술을 펼친 건지 알 수 없기에 허탈해진다.

"그럼 잘들 놀고 있어라. 얼마나 버티는지 구경하는 것도 재미있겠지."

나귀 방울 짤랑이는 소리와 섞여서 암흑존자의 쉰 음성이 들려왔다.

황보강은 더욱 어리둥절해지고 말았다.

대체 언제 나귀에 올라탔으며 언제 저곳까지 갔단 말인가.

언덕을 느긋하게 내려가고 있는 존자는 불똥이 번쩍하고 튀었다가 사라지는 그 잠깐 동안에 시간을 앞질러 돌려놓은 것 같았다. 그렇지 않고서는 이럴 수가 없다.

황보강은 제 손에 들린 반 토막의 칼을 보고 이제는 나귀 방울 소리만 들리는 어둠을 바라보며 더욱 허탈해졌다.

유모량 쪽에서는 연신 사나운 기합성과 칼과 검이 부딪치는 요란한 소리가 터져 나오고 있었다.

유모량의 검법이야 천하가 이미 알아주는 고명한 것이다. 평생 검법을 연마하여 종사의 반열에 올라 있는 그가 아닌가.

하지만 그런 그의 검도 고통과 광기, 그리고 망각의 연합 공격을 손쉽게 뚫지 못하고 있었다.

그들 세 명의 괴물은 신검에 대한 두려움마저도 잊은 듯 이를 갈아대며 오직 격렬하고 용맹하게 칼을 휘둘러 유모량을 몰아칠 뿐이었다.

캉!

둔탁한 소성과 함께 한 자루의 칼이 부러져 허공으로 날아갔다.

서걱!

그리고 끔찍한 소리.

"끄응—"

고통이 팔이 뭉텅 잘려져 나간 왼쪽 어깨를 움켜쥐고 신음을 흘렸다. 쿵쿵거리며 물러서는 발치에 검은 핏물이 뚝뚝 떨어진다.

단단한 갑주를 무 자르듯 해버린 유모량의 신검은 여전히 번쩍이는 빛을 뿌리며 남은 두 괴물을 몰아붙이고 있었다.

고통이 그렇게 되는 걸 보았지만 광기와 망각은 그것과 저희와는 아무 상관도 없다는 듯 무정하기만 했다.

광기는 괴성마저 질러대며 더욱 사납고 위맹하게 칼을 휘둘러 쳐들어왔고, 망각은 그 어느 때보다 날카롭고 쾌속하게 측면을 노렸다.

제 목표를 놓쳐 버린 황보강은 물끄러미 그들의 생사를 넘나드는 싸움을 지켜보기만 했다.

서걱!

다시 들리는 끔찍한 절삭음.

"음—"

망각이 이 시린 신음을 흘리며 물러섰다. 가슴에 커다란 구멍이 뻥 뚫려 있었다. 신검이 호심경마저 깨뜨리며 갑주를 뚫고 들어간 것이다.

검은 피가 왈칵 솟구쳐 나온다.

망각의 부상은 고통에 비할 바가 아니었다.

그가 털썩 주저앉아 괴로운 신음을 흘리더니 서서히 쓰러져 누웠다. 다시는 일어나지 못한다.

용수신검.

오직 그것만이 악몽들을 죽일 수 있다던 말이 조금도 거짓이 아니었다.

광기가 비로소 주춤거렸다.

유모량의 검이 그를 가리켰다.

"너도 편히 쉬게 해주마."

투구 속에서 광기의 핏발 선 눈이 유모량을 무섭게 쏘아보았다. 대꾸는 하지 않는다. 아마도 부서지도록 어금니를 악물고 있을 것이다.

"유 대협, 그를 보내주세요."

유모량이 다시 검을 휘두르려는 순간 황보강이 탄식과 함께 말했다.

의아해서 바라보았지만 유모량은 왜냐고 묻지 않았다. 순순히 검을 거두고 물러섰다.

"돌아가라."

황보강의 음성에는 안타까움이 깃들어 있었다.

광기의 번들거리는 눈이 한동안 그의 얼굴에 머물렀다. 갈등하고 괴로워하는 기색이 역력했다.

"대… 장……."

"아무 말 할 것 없다. 그냥 가. 기회는 이번뿐이다."

"으음—"

광기, 검은곰이라 불렸던 그가 침음성을 흘리고 황보강의 눈길을 외면했다.

분한 듯 한 번 쾅 하고 발을 구르더니 거친 숨을 내쉬며 돌아서서 갑주를 쩔그렁거리고 떠나간다.

죽어 있는 망각이나 부상을 입고 주저앉아 있는 고통에게는 눈길 한 번 주지 않은 채였다.

第四章

구사일생(九死一生)

1 고독한 싸움

놈들은 북쪽에서 꾸역꾸역 언덕을 기어 올라왔다.

끔찍한 악몽이었다.

선봉으로 나온 일백여 명의 악몽이 악착같이 언덕을 타고 기어 올라오는 것이다.

나머지 구백여 명의 악몽은 여전히 언덕 아래에 포진한 채 그 모습을 바라보고만 있었다.

저까짓 오합지졸들쯤이야 일백 명으로도 충분하다는 자신감일 것이고, 언덕 위의 병사들이 어떻게 싸우는지 탐색하려는 의도이기도 할 것이다.

황보강이 고통과 망각의 목을 장대에 꿰어 높이 매달아놓은 건 이쪽의 병사들에게 자신감을 불어넣어 주기 위한 것이었다. 그러나 그건 동시에 저 악몽들의 증오와 복수심을 부추긴 일이 되기도 했다.

그놈들은 정말 악몽 그 자체였다.

나무 방어선 뒤에서 호장충의 병사들이 악을 쓰며 돌멩이를 던져 머리를 깨뜨려도 피를 철철 흘려가면서 기어 올라왔다.

커다란 돌에 맞아 굴러 떨어진 놈도 이내 다시 달라붙어 몸을 낮추고 벌레처럼 꿈틀거리며 기어 올라오는 것이었다. 고통과 의지와는 아무 상관도 없다는 걸 증명해 보여주는 놈들이다.

그놈들의 육신이 엉망으로 깨져 버릴수록 그것을 보는 병사들의 두려움은 커져 갔다.

징그럽고 끔찍한 몰골에 치를 떨며 두리번거린다. 달아날 궁리를 하는 것이다.

“병장기를 잡아라!”

뒤에서 황보강이 버럭 소리쳤다.

어느덧 악몽들이 나무 방어선 너머에 모습을 드러내기 시작했다.

그는 오백 명의 병사 중에서 부상이 없고 아직 투지를 간직하고 있는 오십 명의 병사를 뽑아 대기시켜 놓고 있었다.

그들이 얼마나 용맹하게 싸워주느냐가 살아남느냐 죽느냐의 관건이 되리라. 남은 자들의 가슴속에 승리에 대한 희망을 심어주느냐, 아예 꺾어버리느냐 하는 결과가 될 것이기 때문이다.

드디어 나무 방어선 위로 선두 일백여 명의 악몽이 꾸역꾸역 올라서기 시작했다.

쩔그렁거리는 갑주 소리와 투구 안에서 번쩍이는 귀화(鬼火), 그리고 시퍼런 칼과 도끼들은 돌멩이를 던져 대던 병사들을 겁에 질리게 했다.

그놈들이 나무 방어선 위로 올라서자 비명을 터뜨리며 일제히 달아난다.

그때 황보강이 허공에 푸른 칼을 휘두르며 소리쳤다.

"명심해라! 두 사람이 한 조가 되어 한 놈을 잡는 거다! 다른 놈들은 거들떠보지도 마라! 둘 중 한 사람이 죽으면 남은 자들이 다시 조를 이룬다!"

오십 명의 용사에게 이미 철저히 교육을 시켜놓은 뒤였다. 그들이 가르침 받은 대로만 움직여 준다면 첫 번째 공격에서 승리하리라는 자신감도 있었다.

"가자!"

방어선을 지키던 병사들이 도망쳐 오는 걸 보던 황보강이 앞서 달려나갔고, 그 뒤를 오십 명의 용사가 함성을 지르며 따랐다.

누구도 죽음을 두려워하는 자가 없었다. 여기가 마지막이라는 악에 치받쳐 있을 뿐이다.

이곳에서 더 이상 달아날 곳도 없으니 그렇다.

어차피 죽을 것이라면 손 놓고 기다리는 것보다 한 놈이라도 저승으로 끌고 가는 게 덜 분하지 않을 것인가.

그런 악과 오기 또한 짧은 동안에 황보강이 그들의 뇌리에 심어준 것이기도 했다. 그게 지금은 무엇보다 강한 사기가 되었고, 독기가 되었다.

그래서 그들, 황보강과 오십 용사들의 돌격은 기세 면에서 방어선을 넘어 들어온 일백여 명의 악몽을 누르기에 충분했다.

쾅!

역시 맨 처음의 충돌은 황보강에게서 비롯되었다.

그의 칼이 앞선 악몽의 투구를 쪼개 버리고 머리통을 반이나 찍어버렸다.

그놈이 비명도 없이 털썩 쓰러지자 뒤따르는 용사들 중 한 조를 이룬 두 명이 먹이를 덮치는 사자처럼 달려들었다.

한 명이 잠시 움직임을 잃은 악몽의 가슴을 짓밟아 누르고, 다른 한 명이 도끼를 힘껏 휘둘러 그놈의 목을 내려쳐 버렸다.

첫 번째 악몽의 머리통이 몸에서 떨어져 나갔다.

그놈은 다시 부활할 수 없다. 이제는 영영 지옥의 어둠 속으로 떨어져 버린 것이다. 어쩌면 그게 그놈에게는 안식이 될지도 모른다.

황보강은 악몽들 속에서 좌충우돌하고 있었다. 제 목숨을 돌보지 않는 건 오십 명의 용사에게 투지와 악이 어떤 건지 몸소 보여주겠다는 의지였다.

황보강의 그런 용맹은 그를 따르는 용사들에게 투지를 배가시켜 주기에 충분했다. 그의 분전을 본 용사들이 목청껏 함성을 지르며 일제히 악몽들에게 달려들었던 것이다.

한 명이 악몽의 칼을 상대하는 동안 한 명은 그놈의 다리를 찍어 주저앉혔다. 그다음에는 둘이서 동시에 그놈을 찍어 눌렀다. 그리고 악몽의 움직임이 둔해진 순간 목을 쳐버린다.

그러나 이쪽보다 악몽들의 수가 두 배나 많았고, 더욱이 이쪽은 두 명씩 움직여야 하니 상대할 수 있는 악몽들보다 상대하지 못하는 악몽들이 훨씬 더 많았다.

그놈들이 사방에서 달려들자 용사들의 피해가 심해졌다. 급격하게 숫자가 줄어든다.

그러나 그들은 결코 등을 보이거나 웅크리지 않았다. 살아남은 자들끼리 다시 조를 이루어 가장 가까운 곳에 있는 악몽을 척살한다.

그렇게 하나씩 처치해 가는 동안 달아났던 자들이 다시 방어선으로 달려들었다.

황보강과 오십 인의 용사가 용맹하게 싸우고, 그들의 칼에 그 끔직한 악몽들이 하나씩 쓰러지는 걸 보고 용기를 되찾은 것이다.

그들이 공격적으로 달려들자 전세가 확연히 달라졌다. 이제는 이쪽의 수가 악몽들보다 압도적으로 많다.

그들은 누가 시키지도 않았건만 오십 용사의 전법을 그대로 따라 했다.

두 명씩 한 조를 이루고도 여유가 있으니 이제는 악몽들이 견디지 못했다.

하나씩 다리를 찍혀 주저앉고, 그러면 뎅겅 목이 잘려 떨어졌다.

두어 식경쯤 지났을 때 방어선 안에는 일백여 구의 목 잘린 악몽들이 참혹한 몰골로 쌓였다.

대승이었다.

"와아—!"

승리를 자축하는 병사들의 함성이 언덕을 뒤흔들었다. 이쪽에서도 그동안 일백여 명이 죽었으므로 피해가 막심하지만 어쨌든 그 끔찍한 악몽들을 물리친 것이다. 모조리 죽였다.

황보강은 그들의 사기가 한껏 고조되었을 때 이곳을 떠나야 한다고 생각했다.

악몽들의 이차 공격을 기다리고 있을 수 없는 것이다.

두 번째는 더 많은 놈들이 쳐 올라올 것이고, 이쪽의 전법을 간파했으니 그에 대한 대비책마저 마련했을 것이다. 게다기 이쪽보다 두 배가 넘는 숫자다.

그렇다면 싸워보나 마나일 것 아닌가.

어찌 방어를 해낸다고 해도 이 언덕 위에 고립되어 있어서는 이틀을 채 버티기 힘들다.

"어쩌면 좋겠습니까?"

황보강의 고충을 들은 유모량이 난감하다는 표정이 되어 물끄러미 바라보았다.

그 또한 이곳에서 벗어나야 한다는 건 잘 알고 있었다. 그러나 병사들을 독려하여 언덕 아래로 달려 내려간다는 건 무모하기 짝이 없는 일이라는 것도 안다.

이쪽은 고작 사백여 명의, 그것도 무장을 제대로 갖추지 못한 병사들 아닌가.

그들과 함께 아직 구백여 명이나 남아 있는 저 악몽들 속에 뛰어든다는 건 그야말로 섶을 지고 불속으로 뛰어드는 것과 다름없다.

황보강의 고민도 거기에 있었다. 그래서 선뜻 결정하지 못하고 망설이는 것이다.

그러는 동안 네 무리로 나뉘어 사방에서 언덕을 둘러싸고 있던 악몽들 중 서쪽의 악몽들이 움직이기 시작했다.

모두 이백여 명의 악몽이니 처음보다 두 배의 수로 쳐 올라오려는 것이다.

황보강은 그놈들이 언덕에 올라오면 더 이상 희망이 없다는 걸 알았다.

선택할 수 있는 길은 정면으로 뚫고 빠져나가는 것 하나뿐이다. 다른 길은 이제 없다.

모두 죽거나 몇 명이라도 살아서 이곳을 탈출할 수 있다면 성공이리라.

"내려간다! 준비해!"

황보강이 버럭 소리쳤다.

어느덧 그의 음성에는 자신감이 다시 충만해졌고, 움직임에 투지가 넘쳐났다. 이와 같이 목숨을 건 싸움을 앞에 두면 그 어느 때보다 활력이 생기는 것이다.

"해보는 거야! 까짓, 죽기밖에 더 하겠어? 여기 있어도 죽을 게 뻔한데, 그렇다면 내려가서 통쾌하게 싸우자! 싸우다 죽는 게 두려운 놈은 여기 남아서 제 스스로 목숨을 끊어라! 뒈져 버려!"

황보강의 명을 받은 호장충이 병사들에게 그렇게 소리쳤다.

와아, 하는 함성이 언덕 위에 진동했다.

황보강은 제 병장기가 없는 자들에게 언덕 위에 즐비하게 죽어 있는 악몽들의 칼과 도끼, 창을 들도록 했다. 그리고 나무 방벽 앞에 모두 달라붙어 몸을 감추고 기다렸다.

단번에 해내야 한다. 그렇지 않고 주저하면 뚫을 수 없다.

황보강이 손에 배어난 땀을 바지 자락에 쓱쓱 문질러 닦았다. 칼을 고쳐 쥔다.

악몽들은 이제 반쯤 언덕을 기어 올라와 있었다.

'조금만 더.'

황보강이 곁에 다가와 엎드려 있는 호장충을 돌아보았다. 나무토막 사이의 틈으로 악몽들을 훔쳐보고 있는 그의 이마에 땀방울이 맺히고 있었다. 긴장하고 있는 것이다.

"지나친 긴장은 몸을 경직시키지. 좋지 않소."

황보강이 그의 어깨를 툭 치자 호장충이 흠칫 놀라 바라보았다.

"선봉을 맡아주겠소?"

"……."

"당신의 힘이 황소의 뿔을 뽑을 만하다고 들었소. 그게 정말인지 확인해 보고 싶어."

"정말이고말고."

"하지만 용기가 뒷받침해 주지 못한다면 황소는커녕 염소 뿔도 뽑을 수 없을걸?"

"뭐라고? 당신은 지금 내가 겁쟁이라고 놀리는 거요?"

"맡아주겠소?"

"좋아, 내가 결코 허풍쟁이가 아니라는 걸 보여주겠소."

"저놈들의 한복판을 뚫고 길을 내야 하는 일이니 제일 먼저 죽을 수도 있소."

"흥, 나는 죽는 걸 두려워하지 않소."

비로소 호장충의 얼굴에 긴장 대신 결의가 가득해졌다. 오기가 발동한 것이다.

황보강이 빙긋 웃었다.

"오른쪽은 내가 맡겠소. 왼쪽은 유 대협이 맡아주실 거요. 언덕 아래로 내려가면 무조건 앞만 보고 달려가야 하오."

"제기랄, 그런데 언제 내려갈 거요? 저놈들이 다 올라온 다음에?"

호장충이 커다란 칼을 움켜쥐고 턱짓으로 아래쪽을 가리켰다.

어느덧 악몽들은 언덕을 거의 다 기어 올라오고 있었다. 그놈들의 씩씩거리는 숨소리와 갑주 쩔그렁거리는 소리가 코앞에서 들린다.

황보강이 벌떡 몸을 일으켰다.

"지금이다! 가자!"

2 필사적인 탈출

호장충의 커다란 칼은 그 어느 때보다 무서운 위력을 발휘했다.

그것을 휘둘러 치는 곳에 남아나는 것이 없다.

언덕을 구르듯 달려 내려가며 온 힘을 다해 휘두르는 것이니 그 위력은 평소의 세 배가 되고도 남았다.

악몽들이 칼과 창을 들어 막으면 그것이 부러지고 잘려 나가는 건 물론, 그렇게 하고도 힘이 남은 칼은 여지없이 가로막은 놈의 몸통이며 투구를 찍어서 쩍, 쩍 갈라놓았다.

쓰러진 악몽이 되살아나려면 잠시의 시간이 필요하다. 그동안에는 마음 놓고 다른 놈을 상대할 수 있다.

호장충은 무어라고 목청껏 악을 쓰며 칼을 휘둘러대고 있었다.

그 용맹이 악몽들을 주춤거리게 할 만큼 대단한 것이어서 황보강마저 놀라 그를 바라보았다.

한 덩어리로 뭉쳐 호장충을 따르고 있는 자들은 모두 일백 명이었다.

그들 또한 저희 대장의 용맹에 사기가 충천해서 겁없이 칼을 휘두르고 창을 내지르며 굴러 떨어지는 것처럼 언덕을 달려 내려갔다.

일백 명의 병사가 황보강을 따라서 그렇게 했고, 일백 명은 왼쪽을 뚫고 내려가는 유모량을 도왔다.

나머지 일백 명은 부상자들이었다. 그들이 서로 부축하면서 뒤따르는 대형이다.

제일 먼저 호장충이 악몽들을 뚫고 언덕 아래로 내려갔다. 그 뒤를 황보강과 유모량이 차례로 내려왔는데, 생각했던 것보다 희생이 크지 않았다.

그러나 문제는 지금부터였다.

저 벌판을 건너야 하는 것이다.

게다가 아직 구백여 명이나 남아 있는 악몽들은 모두 기병이 아닌가.

벌써 언덕 좌우에 있던 악몽들이 말을 달려 쳐들어오고 있었다.

설상가상으로 그들이 달려 내려온 언덕에서는 쓰러졌던 악몽들이 되살아나 꾸물꾸물 움직이고 있었다. 그중에는 벌써 원기를 회복하고 쫓아오는 놈들도 있다.

"흩어지지 마라! 모두 한 덩어리가 되어서 앞만 바라보고 달려간다! 가능하면 저놈들의 말을 빼앗아 타라! 걷거나 뛸 수 없는 자는 버리고 간다!"

황보강의 냉정한 음성이 벌판에 쩌렁 울려 퍼졌다.

뛸 수 없는 부상자를 버려야 한다는 말에 병사들이 잠시 망설였지만 언덕을 돌아 달려오고 있는 기병을 보고 나서는 체념해야 했다.

모두 한 덩어리가 되어 있는 힘을 다해 앞을 바라보고 달려갈 뿐이다.

그러나 사람의 걸음이 아무리 빠르다고 해도 말보다 앞서갈 수는 없다.

철갑마들의 웅장한 말발굽 소리가 온 들판을 흔들었다.

수백 개의 큰 북을 마구 두드려 대는 것처럼 가슴을 쿵쿵 울리는 그 소리에 달아나는 자들은 겁에 질렸다.

후미에 처진 자들의 비명 소리가 연이어 들려오기 시작했다. 벌써 선두 일백여 기의 기마가 후미를 도륙하며 바짝 달라붙은 것이다.

"돌아서!"

대열의 중간쯤을 달리고 있던 황보강이 그렇게 소리치며 몸을 틀었다. 후미를 유린하고 쫓아오는 기마를 향해 곧장 달려간다. 자살하려는 것처럼 보이는 무모한 행동이었다.

철갑마의 가슴에 부딪치기 직전 황보강이 옆으로 돌며 그것의 입가에 붙은 재갈의 고리를 힘껏 낚아챘다.

히히히힝—

갑자기 목이 꺾인 말이 달리던 속도를 이기지 못하고 비명을 터뜨리며 쓰러졌다.

황보강은 주르륵 미끄러지는 검은 말의 재갈 고리를 여전히 꽉 붙잡고 있었다. 그것에 매달려 함께 미끄러진다.

말에 타고 있던 악몽이 굴러 떨어졌고, 황보강은 그놈을 거들떠보지도 않았다.

네발을 버둥거리며 가까스로 몸을 일으키는 말 잔등에 훌쩍 올라탄다.

그것을 본 후미의 병사들이 일제히 함성을 터뜨렸다.

이렇게 무작정 달아나기만 할 게 아니라는 걸 깨달은 것이다.

황보강이 고삐를 아프도록 당기자 날뛰던 말이 잠잠해졌다. 그리고 세 기의 기마가 그를 향해 방향을 틀고 달려들었다.

황보강이 말을 빼앗아 타고, 그것의 배를 걷어차며 저를 향해 달려오는 세 기의 기마에게 부딪쳐 간 게 눈 깜짝할 새의 일이었다.

쾅!

그의 칼이 엇갈려 지나가는 자의 뒷덜미를 강하게 찍었다. 연이어 쓰러지듯이 좌우로 몸을 기울여 두 차례의 장창 공격을 아슬아슬하게 비끼더니 이내 말 머리를 틀었다.

말은 황보강의 거칠고 능숙한 솜씨에 질린 듯 그의 조종에 순종했다. 처음부터 그의 말이었던 것 같다.

황보강이 저만큼 스쳐 지나간 놈들의 뒤를 노리고 달려들었다. 그놈들이 마주 보기 위해 말 머리를 돌릴 때 황보강의 칼은 이미 허공을 가르고 있었다.

쩍!

한 놈이 머리가 두 쪽으로 벌어지며 말에서 굴러 떨어졌고, 재빨리 다가온 병사 한 명이 달아나려는 말의 고삐를 낚아챘다.

이제 황보강은 칼을 버리고 악몽의 장창을 빼앗아 들고 있었다. 그것을 휘둘러 또 한 놈의 가슴을 찔러 떨어뜨리자 주인 잃은 말은 호장충의 차지가 되었다.

달아나기만 하던 자들이 일제히 뒤돌아섰다. 악을 쓰며 파도처럼 덮쳐 오는 철기들에게 부딪친다.

황보강은 그들을 보호하기 위해 고군분투할 수밖에 없었다.

고삐를 안장에 걸어놓고, 등자에 건 발로 말의 배를 꽉 조여 몸을 안정시키며 두 손으로 장창을 휘두르는 것이 능숙하기 짝이 없다.

그가 이리저리 치달으며 장창을 휘두를 때마다 악몽들이 찔려 쓰러졌다. 날뛰는 빈 말들은 죽기 살기로 달려든 병사들의 손에 하나씩 넘겨졌다.

말에 올라탄 호장충의 용맹 또한 황보강을 도왔다. 그의 커다란 칼이 번쩍이고, 사자후 같은 고함 소리가 울릴 때마다 악몽들은 속수무책으로 말에서 굴러 떨어지기만 했다.

저쪽에서는 유모량이 말을 빼앗아 타고 역시 무시무시한 혈전을 벌이고 있는 중이었다.

악몽들은 그가 휘두르는 용수신검을 두려워하여 감히 접근하지 못했다. 그래서 유모량은 오히려 제가 악몽들을 쫓는 악귀의 역할을 하고 있었다.

종으로 횡으로 어지럽게 말을 달리며 부딪치는 놈들마다 신검을 휘둘러 베고 찍어버리는 것이 신들린 사람 같았다.

유모량의 무시무시한 활약에 힘입어 그를 따르던 병사들 또한 용감하게 싸웠다. 주인 잃은 말들을 빼앗아 타거나 땅에 뒹구는 악몽들을 덮쳤다.

두 명, 세 명이 달려들어 장작을 패듯이 도검을 내려쳐 목을 잘랐는데, 한 번으로 안 되면 두 번, 세 번 난자를 하니 그 끔찍한 모습이 지옥의 풍경이나 다름없었다.

그러나 대세는 이미 그들의 편이 아니었다.

고작 사백여 명이 아무리 악귀처럼 용맹을 떨쳐 싸운다고 해도 구백여 명의 악몽을, 그것도 기병들을 물리칠 수는 없지 않은가.

더구나 언덕을 내려오는 동안에 다시 수십 명을 잃은 탓에 그들이 벌판에서 악몽들과 싸울 때는 삼백여 명이 조금 넘는 수에 불과했다.

난전 중에 말을 빼앗아 탄 자들이 스무 명 가까이 되었으나 선두의 일백 악몽을 모두 도륙하지는 못했다.

그렇게 일다경쯤의 시간이 순식간에 지나가자 사방에서 악몽들이 파도처럼 밀려들기 시작했다.

살아남은 자들은 누가 시킨 것도 아니건만 황보강과 유모량, 호장충 곁으로 모여들었다.

이제는 고작 이백여 명이다.

그들이 한데 모이자 황보강이 말을 빼앗아 타고 있는 스무 명을 앞에 내세웠다.

그가 다섯 기를 나란히 벌려 선두에서 길을 열고, 유모량과 호장충이 나머지 열다섯 기를 독려하며 후미를 지켰다.

가운데에 보병들을 둔 형상이니 저절로 개(个) 자 형상의 사두진(蛇頭陣)이 되었다.

황보강이 정면을 바라보고 곧장 말을 몰아 달려나갔다. 좌우에서 그를 따르는 네 명의 병사는 용맹이 남다른 자들이었다. 많은 싸움에서 이력을 쌓은 자들이었던 것이다.

그들은 모두 마상전에서 유리한 장창을 들고 있었다. 그것을 휘두르고 내지르며 곧장 악몽들의 철갑기병단과 부딪친다.

마치 철심 한 가닥으로 파도를 뚫으려는 것 같은 무모한 충돌이었다. 그러나 지금 그들에게는 달리 선택할 수 있는 길이 없었다.

오직 부딪쳐 뚫고 달아나야 하는 것이다. 그러다가 다시 에워싸이면 또 뚫고 달아날 뿐이다.

한 사람도 남김없이 다 죽을 때까지 그 무모한 싸움이 계속될 것이다. 그러나 이제는 아무도 그것을 두려워하지 않았다. 이 벌판이 저희의 무덤이 될 것이라는 사실을 받아들인 것이다. 그러자 더 이상 죽음을 두려워하지 않게 되었다.

황보강은 팔뚝에 감각이 없어지고, 손아귀가 뻣뻣해지도록 창을 휘둘러 악몽들을 찌르고 후려쳐 말에서 떨어뜨리고 있었다. 벌써 몇 놈이나 그렇게 했는지 모른다.

그러나 그것들은 죽여도 죽여도 수가 줄어들지 않는 것 같았다. 유모량의 신검에 찔려 죽거나 목이 완전히 잘려 죽지 않은 다음에는 아무리 난자를 해도 조금의 시간이 지나면 다시 멀쩡하게 일어나 달려드니 그렇다.

그러는 동안 이쪽의 수는 눈에 띄게 줄어들고 있었다. 겨우 백여 명만이 온전하게 남아서 창칼을 휘둘러 대항하고 있었는데, 그들을 둘러싼 악몽들은 몇 겹인지 모른다.

이제는 절망이 찾아왔다.

싸움이 잠시 소강상태에 접어들었다.

악몽들도 지친 말을 쉬게 하면서 전열을 가다듬어야 할 필요가 있었던 것이다.

그 일이 끝나면 마지막 공격을 가해올 것이다.

거기서 이 싸움의 결판이 나리라는 것을 이제는 모두가 짐작하고 있었다.

황보강과 유모량, 호장충은 서로 모여 가쁜 숨을 헐떡이고 있었는데, 강호제일의 고수로 꼽히는 유모량 또한 그랬다.

제아무리 검법의 종사 중 종사라고 하는 인물도 늙은 나이는 어쩔 수 없었던 것이다.

아무리 죽여도 끝이 없을 것 같은 악몽들 앞에서 유모량은 자신의 검법이 소용없다는 걸 깨달았다.

비로소 강호의 싸움이 아니라 이와 같은 전장에서의 집단전이 얼마나 끔찍한 것인지 절감하고 치를 떤다.

제아무리 고절한 검법 절기를 지녔다고 해도 사방에서 밀물처럼 덮쳐 오는 적들 속에 파묻혀서는 술 취한 주정뱅이의 무기력함과 같아질 수밖에 없었던 것이다.

유모량은 제가 그나마 용수신검을 쥐고 있었기에 아직까지 살아 있지, 그렇지 않았다면 벌써 저 끔찍한 놈들에게 난도질을 당해 죽고 말았을 것이라고 생각했다. 그러자 몸서리

쳐지는 소름이 돋았다.

살아남을 확률이 가장 높은 자는 황보강일 것이라고 짐작했다. 그다음으로는 호장충이다.

유모량은 이런 싸움이 조금만 더 지속된다면 더 이상 버틸 자신이 없었다. 이제는 용수신검을 휘두르는 일조차 힘들게 여겨질 만큼 지쳤던 것이다.

그렇다면 신검을 황보강에게 주는 게 차라리 낫지 않을까 하는 생각을 했을 때다.

"엇!"

황보강이 불쑥 놀란 소리를 냈다.

밀려오는 악몽들을 보며 놀란 것인지도 모른다. 아니면 또 다른 무언가가 있는 것이리라.

유모량이 피곤한 얼굴로 황보강이 가리키는 곳을 바라보았다.

저 먼 곳.

오십여 장의 거리를 두고 담벼락처럼 막아서 있는 악몽들의 대열 뒤쪽.

거기 한 사람이 말을 몰아 미친 듯 달려오고 있었다.

거리가 멀어 누구인지 알아볼 수는 없었다.

말 등에 찰싹 달라붙은 채 말과 한 몸이 되어 완만한 비탈을 전속력으로 달려 내려오고 있었는데, 흰옷자락이 펄럭이는 걸로 보아 또 다른 악몽은 아닌 게 분명했다.

그렇다면 대체 누가 이 살벌한 전장의 복판으로 달려온단 말인가. 그것도 혼자 몸이니 더욱 이상할 수밖에 없다.

3 뜻밖의 조력자(助力者)

"담사헌이다!"

눈을 모으고 바라보던 유모량이 그렇게 소리쳤다.

"담 대협이라니요?"

황보강이 깜짝 놀라 그 사람을 더욱 유심히 바라보았다.

그는 어느덧 악몽들의 배후로 점점 가까이 들이닥치고 있었는데, 말 등에 붙였던 몸을 일으키며 흰 빛을 발하는 검을 뽑아 들었다.

번쩍이는 검광이 허공을 가를 듯이 뻗쳐 나간다.

"아, 정말 그로군요!"

황보강이 놀라 소리쳤다. 이제는 그의 모습을 확실히 알아볼 수 있었던 것이다.

그가 돌아오겠노라고 했던 날은 아직 보름이나 남아 있었다. 그런데 이렇게 갑자기 나타났으니 의아하기만 하다.

그것도 절체절명의 궁지에 몰린 상황을 마치 알고 있기라도 한 듯이 나타나지 않는가. 절묘한 시간에 이곳으로 찾아왔으니 더욱 의아해진다.

하지만 지금은 그런 걸 생각하고 있을 때가 아니었다.

담사헌의 돌진에 악몽들의 배후가 소란스러워졌다.

그의 신검이 번쩍이는 곳에서 함성과 비명이 터져 나오고, 검은 피를 쏟아내며 쓰러지는 악몽들의 주검이 하나둘 늘어나기 시작했다.

언덕 위에서 그것을 바라보던 유모량의 얼굴이 어두워졌다.

"그는 이제 나를 뛰어넘었구나."

노검종(老劍宗)의 탄식에는 후회와 부러움, 그리고 감출 수 없는 질투가 뒤섞여 있었다.

담사헌은 지난 석 달 동안 아무도 모르는 곳에서 고질병이었던 제 안의 심마를 신검의 위력으로 제압하고 더 높은 검법의 수련을 해왔다.

그 결과 지금 그는 자신의 한계를 또 한 번 뛰어넘어 검의 궁극을 바라보는 곳에 바짝 다가서 있었다. 그건 신의 경계에 다가섰다는 것이기도 하다.

유모량은 제가 암흑존자의 하수인 노릇을 하면서 헛된 욕망에 사로잡혀 그동안 허송세월했다는 걸 뼈저리게 후회하지 않을 수 없었다.

저보다 뒤처져 있던 담사헌이 지금은 열 걸음은 족히 앞서 있는 걸 지켜보면서 더욱 자기 자신을 원망하지 않을 수 없다.

황보강도 놀라기는 마찬가지였지만 그의 놀람은 유모량의 그것과 사뭇 달랐다. 담사헌의 출현에 놀랐지 결코 그의 검법에 놀라지는 않았던 것이다.

담사헌을 보면서 그는 대황국의 도성 안 사량격발의 연무장에서 신검을 쥐고 싸우던 단조영의 모습을 떠올렸다.

그때 단조영은 두 자루의 신검을 쥐고 홀로 일천 명의 악몽 속에 뛰어들어 그들을 허깨비 베어 넘기듯 하지 않았던가.

그 넓은 연무장에 악몽들의 주검이 즐비하게 깔렸고, 마지막 놈의 가슴을 쪼개놓고 돌아온 단조영은 숨결 하나 가빠져 있지 않았다.

그리고 그는 스스로 죽어 영으로 화하여 지금은 황보강의 몸 안에 들어와 있다.

황보강은 담사헌을 보면서 단조영의 그 놀라운 검법과 활약을 떠올리고 가만히 제 가슴을 억눌렀다.

지금 담사헌의 무위가 하늘을 놀라게 하고 땅을 흔들기에 충분한 것일지라도 제가 기억하고 있는 단조영의 그것에는 미치지 못했다는 걸 안다.

'단조영은 이미 검선의 경지에 들었던 사람이다.'

황보강은 단조영의 능력이 바로 검선의 그것이었다는 걸 비로소 확실하게 깨달았다.

나운선인의 대제자로서 그는 이미 검선의 경지에 올라 노니는 사람이었던 것이다. 그러하기에 선인이 그에게 두 자루의 신검을 맡겨 지키도록 했으리라.

십만 명의 악몽을 거느리고 있는 암흑존자가 왜 나운선인을 두려워하는지, 악몽들이 왜 고작 다섯 명에 지나지 않는 나운선인의 제자들을 두려워했던 건지 확연히 알게 된다.

악몽들의 대열이 흩어졌다.

"이때다! 쳐라!"

상념에서 벗어나 다시 현실로 돌아온 황보강이 버럭 소리치고 달려나갔다.

"와아―!"

땅을 진동시키는 함성과 함께 병사들이 그 뒤를 따랐다.

유모량은 이를 악물었다.

담사헌에게 뒤질 수 없다는 오기가 늙은 영웅의 가슴속에 불처럼 타올랐던 것이다. 그러자 그의 검은 여태까지 보여주었던 것보다 훨씬 더 무섭고 사나워졌다.

무겁고 웅장하며 절제되어 있던 검법이 돌변하여 호랑이의 발톱처럼 날카롭고 흉포해진 것이다.

오직 살기만 가득할 뿐인 그 검법은 지극히 패도적이면서 사악하기까지 했다.

그것에 실려 있는 건 오직 죽음뿐이었다.

악몽들의 죽음이면서 또한 자기 자신의 죽음이다.

검과 내가 하나가 되면 검의 기운을 제어해야 하는데, 그렇게 하지 못하면 그것이 나의 기운에 침노하여 나를 좌우하게 된다.

그것이 활검이 되느냐 살검이 되느냐를 결정해야 하는 순간을 맞게 되는 것이다. 그리고 그때의 선택이 생령을 살리는 검을 갖느냐, 죽이는 검을 갖느냐를 결정한다.

그리고 그 영향을 가장 많이 받는 건 검을 쥔 자 자신이게 마련이다. 결국 제 자신을 살리는 검을 갖느냐, 죽이는 검을 갖느냐 하는 문제가 되는 것이다.

지금 유모량은 살검을 쥐고 있었다.

자신에 대한 부끄러움과 노여움이 그와 신검을 그렇게 만들었다.

심마의 조짐이기도 하다.

유모량은 자신의 위험한 상태를 알았지만 개의치 않았다. 오히려 그 기운을 증폭시킨다.

그래서 그는 여태까지 자신이 겪어온 모든 싸움 중 가장 위력적이고 위험한 싸움을 할 수 있었다.

그 결과는 악몽들의 죽음으로 나타났다.

유모량의 주위에서 무섭게 달려들던 악몽들이 덧없이 죽어 말에서 굴러 떨어졌고, 더 무섭고 끔찍한 주검이 되어 땅을 덮어갔다.

황보강이 창을 휘둘러 말에서 떨어뜨린 악몽들은 그를 뒤따르던 보군들이 달려들어 목을 잘랐다.

황보강의 창은 어느 때보다 용맹하고 무서웠는데, 담사헌과 유모량의 활약에 자극을 받은 탓이었다.

그는 자신도 그들처럼 신검을 마음껏 휘둘러 악몽들을 무찌르고 싶었다. 그 욕망이 꿈틀거리자 그의 가슴속에서 하나의 거대한 기운이 솟구치고 가라앉기를 거듭했다.

단조영의 기운이었고, 그의 영이 깨어나려는 조짐이기도 하다.

그것은 또한 그의 가슴속에 단조영과 함께 스며들어 있는 다른 한 자루의 신검이 웅얼거리는 소리이기도 했다.

그것은 밖으로 나오고 싶어하고 있었다. 나와서 다른 두 자루의 신검과 어울리고 싶어하는 것이다. 신검의 그 의지는 그러나 단조영의 영에 의해 억제되고 있었다.

'지금은 때가 아니야.'

황보강은 창을 휘둘러 거듭 악몽들을 찔러 말에서 떨어뜨리며 단조영의 그런 속삭임을 들었다.

신검을 달래는 소리이면서 황보강의 욕망을 달래는 소리

이기도 했다.

그러는 동안 이쪽의 기병들 수가 물 불어나듯 불어나고 있었다.

주인 잃은 악몽들의 말을 빼앗아 탄 보병들은 전세가 자신들에게 유리하게 돌아서고 있다는 걸 느끼는 만큼 사기가 치솟았다.

그래서 그들 또한 자신들이 여태까지 싸워왔던 그 어떤 전장에서보다 더욱 용맹하게 싸웠다.

그건 기가 한껏 살아나고 신이 오른 호장충 또한 마찬가지였다.

그는 황보강의 창에 질 수 없다는 듯이 고함을 질러가며 무섭게 칼을 휘둘러 닥치는 대로 악몽들을 찍어댔다.

커다란 칼이 번쩍이며 춤을 출 때마다 악몽들은 속수무책으로 말에서 굴러 떨어지기만 했다. 투구며 갑주가 쩍쩍 갈라져 나뒹구는 그놈들의 목은 보군들의 몫이다.

눈에 띄게 줄어든 악몽들의 벽을 뚫고 담사헌과 유모량이 드디어 마주쳤다.

어느덧 악몽들은 불과 백여 기가 남아서 저항하고 있는 상황이 되었다.

이제는 그것들이 황보강과 그의 병사가 된 자들에 의해 이리저리 쫓기고 도륙당하는 형편이 된 것이다.

그러나 악몽들은 달아나지 않았다. 그것들은 오직 전진만을 알 뿐, 후퇴라는 걸 아예 모르는 것 같았다.

그것들을 지휘하던 천부장이 마지막으로 황보강의 창에 찔려 말에서 굴러 떨어졌다.

대승이었다.

일천 명의 악몽을, 그것도 중무장한 기병의 무리를 하나도 남김없이 진멸한 것이다.

불과 오백 명의 보군만으로 이루어낸 승리 아닌가.

비록 그 싸움에서 오백 명이 백여 명으로 줄어들기는 했지만 그만큼이라도 살아준 건 기적과 다름없었다.

이제 벌판을 뒤덮었던 검은 기운은 모두 꺼져 버렸다.

다시 광명한 하늘이 머리 위에 있었고, 태양이 밝게 빛났다.

"저놈은?"

호장충이 거친 숨을 쉬며 칼을 들어 서쪽의 낮은 구릉 위를 가리켰다.

거기 하나의 악몽. 유일하게 살아 있는 자가 있었던 것이다.

암흑존자의 열두 명 장수 중 한 명인 광기다.

그는 끝까지 싸움에 끼어들지 않았다.

말에 탄 채 구릉 위에 우뚝 서서 제 부하들이 모조리 죽어

버리는 참혹한 전장을 묵묵히 바라보고 있을 뿐이었다.

눈에 익은 황보강의 용병술과 싸우는 법을 바라보면서 옛날의 추억에 잠겨 있었던 건지도 모른다.

그렇다면 황보강을 떠나 악몽이 되어버린 자신의 꼴을 비참하게 여기며 후회하고 있었으리라.

"놔둬. 그냥 가게 해라."

"저놈이 장수잖소? 적장의 목을 쳐야 완전히 승리했다고 할 수 있는 거 아니요?"

"그는 우리를 도와주었다. 그러니 살아서 떠나갈 자격이 있어."

"도와주었다니? 언제?"

"그가 이 싸움에 뛰어들지 않았다는 것만으로도 그는 우리를 크게 도와준 것이다."

"제기랄, 저놈이 뛰어들었다고 뭐가 달라졌겠소?"

"너는 그를 몰라."

황보강이 한숨을 쉬었다.

광기, 아니, '검은곰'에 대한 추억과 그리움 때문이었다.

그가 얼마나 무서운 자인지는 황보강만이 알고 있었다.

그가 이 싸움에 뛰어들었더라면 승리하지 못했을지도 모른다.

용맹한 장수 한 명의 문제가 아니라, 그런 자가 있음으로

해서 더욱 투지를 발하게 되는 병사들의 심리 때문이다. 황보강이 있었기에 호장충과 그의 병사들이 목숨을 내놓고 싸웠던 것과 같은 이치다.

그러므로 검은곰이 수많은 전장 속을 헤집고 다녔던 저의 경험으로 악몽들을 지휘해 능숙하게 싸움을 이끌었다면 그것들의 위력은 지금보다 훨씬 강했을 것이다. 그러면 아무리 담사헌이 가세했다고 해도 승리를 점칠 수 없게 되었으리라.

황보강의 그런 생각을 알 리 없는 호장충이 아직도 미련을 버리지 못하고 투덜댔다.

"제기랄, 언덕 위에서 고통과 망각이라나 뭐라나 하는 놈들의 목을 따버렸잖소. 그놈들도 장수들이라면서? 뭐, 별것 아닙디다. 명령만 내리쇼. 내가 가서 저놈의 목을 뎅겅 잘라올 테니까."

"이미 결정했다. 더 귀찮게 하지 마라."

그러면 화를 내겠다는 듯 바라보자 호장충이 찔끔하여 외면했다.

황보강은 자연스럽게 호장충을 부하 장수 다루듯 하고 있었다. 싸움의 흥분 속에서 제가 귀호대의 대장으로 복귀한 것 같은 심정에 잠시 사로잡힌 건지도 모른다.

그런 변화를 황보강 자신도 의식하지 못했고, 호장충 또한 당연히 그래야 하는 일인 듯 받아들이고 있었다.

이 싸움을 함께 겪으면서 그는 저도 모르는 사이에 황보강에 대한 믿음과 복종심을 갖게 되었던 것이다.

절체절명의 절박한 상황 속에서 그를 따르면 살고 그를 떠나면 죽는다는 생각을 했는데, 대승을 거두고 난 지금 그것은 신념이 되어 머릿속에 박혔다.

그건 호장충뿐 아니라 살아서 승리의 기쁨을 함께 맛보고 있는 자들 모두가 그랬다.

벌판 가득 널브러져 있는 악몽들의 끔찍한 주검과 고약한 냄새 속에서 승리한 자들은 서로 부둥켜안고 환호하며 고함을 질러댔다.

저 멀리에서 물끄러미 그것을 바라보던 광기가 말머리를 돌렸다. 터벅터벅 언덕을 내려가 사라지기 전 그가 잠깐 뒤를 돌아보았다.

황보강을 향해 고개를 한 번 끄덕여 보인 것도 같았다.

4 누구에게나 제 길이 있다

담사헌은 고집이 셌다.

그러나 그것은 모두를 위한 고집이면서 또한 자기가 택한 길에 대한 확신이기도 했다.

“성으로 돌아가지 마라.”

그가 숯불 위에서 이글거리는 고깃점을 바라보며 무심하게 말했다.

"암흑존자의 기병들이 그곳을 차지했다. 수천 명은 족히 되어 보이더군."

"역시 그곳에 다녀오셨군요?"

"그럼 암흑존자도 거기에 있던가?"

황보강과 유모량이 동시에 물었다.

그들은 벌판을 떠나 동쪽 산비탈의 개울가에서 그날 밤 노숙을 하고 있었다.

호장충과 병사들은 여기저기 모닥불을 피워놓고 잡아온 짐승의 고기를 구워 먹으며 두런두런 저희의 일을 상의했고, 황보강과 유모량, 담사헌은 그들과 떨어진 곳에서 지난일들을 이야기하고 있었다.

오후의 싸움 이후 유모량은 부쩍 늙어 보였다. 수심이 가득한 얼굴로 내내 모닥불만 바라보고 있던 그가 다시 담사헌에게 물었다.

"암흑존자를 만나보았나?"

"그렇소. 그가 유 형의 이야기를 해주더이다."

"뭐라고 하던가?"

"유 형을 만나려면 여기로 가라고 하더군."

"그리고?"

"안부를 전하라고 합디다. 결국 제 손에 들어올 텐데, 오늘의 선택을 그때는 뼈저리게 후회하게 될 것이라더군요. 나는 암흑존자의 말에서 유 형과 이 녀석이 이곳에서 곤경에 처해 있다는 걸 알았소. 그래서 정신없이 달려왔던 것이라오."

유모량이 한숨을 쉬었다.

"존자는 내 운명을 제 손바닥 들여다보듯 알고 있는 거야. 틀림없어."

그는 자신의 죽음을 보고 있었다. 몇 걸음 앞에 그것이 와 있다는 걸 안다.

지난 오후, 악몽들과의 싸움에서 저에게 찾아들었던 심마가 이제는 그의 목숨을 움켜쥐고 눌러대고 있었다.

유모량은 그것 또한 암흑존자가 그렇게 했다고 생각했다.

그가 보낸 심마였던 것이다.

그리고 그것은 담사헌을 따라왔다.

그래서 암흑존자가 그를 이곳으로 보냈다고 생각했다.

그의 용맹을 보면서 제 안의 호승심을 걷잡을 수 없이 부추겨 댔고, 그 결과 스스로 심마를 받아들였으니 그렇다.

유모량은 그것이 제 선택이었다고 생각했으나 실은 암흑존자의 수단에 넘어간 것이었음을 이제야 알았다.

돌이킬 수 없다는 게 후회되었다. 절망의 어둠이 그의 온 영혼을 덮어버린다.

그건 죽은 뒤에 제 영혼이 암흑존자에게로 이끌려 갈 게 틀림없다는 생각 때문이었다.

담사헌이 말했다.

"이제는 누구도 유 형을 도와줄 수도, 구해줄 수도 없소. 모든 건 유 형 스스로 선택해야지."

어떻게 하겠느냐는 듯 바라본다.

유모량이 자조적인 웃음을 흘렸다.

"자네는 득도한 모양이군."

"내가 추구하던 검법을 비로소 완성할 수 있었을 뿐이라오. 도에 대해서 내가 무엇을 알겠소이까?"

"대단하네. 스스로 심마를 제압했고, 그것 때문에 가로막혔던 검법마저 대성하여 이제는 또 한 경지를 넘어섰으니 자네는 조만간 검신의 반열에 들게 되겠군."

"그렇게 되기를 꿈꾸지요."

"그런데 내 길은 여기가 끝이라니……."

길게 한숨을 쉰 유모량이 신검을 들었다. 사랑하는 자식을 쓰다듬듯이 한동안 어루만지던 그가 그것을 담사헌에 불쑥 내밀었다.

"받게."

익어가는 고깃점을 뒤적이던 담사헌이 무심히 바라보았다.

유모랑의 주름진 얼굴에 처연한 웃음이 번진다.

"더 이상 검을 잡을 수 없고, 삶을 기대할 수 없는데 신검이 무슨 소용이겠는가? 이것은 원래 자네 사문의 것이었으니 자네에게로 돌아가야 옳지."

담사헌이 고개를 가로저었다.

"당몽현이 이미 한 자루를 가지고 돌아가지 않았소? 그러니 더 이상은 필요없다오. 그놈은 아직 그릇이 차지 않아서 두 자루의 신검을 감당할 수 없을 게요."

"그러면 버릴까?"

"아니, 그럴 수야 없지."

빙긋 웃은 담사헌이 신검을 받아 다시 황보강에게 내밀었다.

"받아라."

황보강이 놀라서 그를 보고 유모랑을 보더니 제 품에 있는 신검을 보았다.

"아니, 내 것은 이미 이렇게 돌려받지 않았습니까? 그건 육화문의 것이니 역시 그곳으로 돌아가는 게 좋겠습니다."

담사헌이 다시 고개를 흔들었다.

"당몽현 그놈은 한 자루만으로 충분하다니까."

"그래도 저는 남의 것을 함부로 받을 수 없습니다."

황보강의 완고함에 빙긋 웃은 담사헌이 다시 말했다.

"그렇다면 이것을 가질 자격이 있는 사람에게 전해주면 되겠지."

"누구 말씀입니까?"

"풍옥빈."

"아!"

"우리 중 이제는 그만이 너를 도와 암흑존자와 싸울 사람이다. 그러니 그가 갖는 게 좋겠지."

"담 대협은 우리와 함께 가시는 게 아닙니까?"

"사람마다 제가 가야 할 길이 있는 법이지. 나는 이미 당몽현에게 약속했다, 심마를 물리치고 나면 사문으로 돌아가 사형을 뵙고 벌을 청하겠노라고."

"그럼 육화문으로 돌아가는 것이로군요?"

"사형이 나를 용서해 준다면 그곳의 이름없는 골짜기에 들어가 다시는 세상에 나오지 않을 것이다. 그게 내가 가야 할 길이라는 걸 이제야 깨달았으니 나도 참 어리석었지. 다시 그 어리석음을 되풀이할 수 없다."

담사현의 말은 엄숙하고 단호했다. 황보강은 어떤 말로도 그를 설득할 수 없다는 걸 알았다.

다만 언제든 육화봉으로 찾아가면 그곳에서 검신이 되어 자유로운 경지를 노니는 담사현을 만나볼 수 있을 것이다. 그걸 위안으로 삼을 수밖에 없었다.

그때쯤 당몽현은 사부의 적통을 이어받아서 문주가 되어 문도들을 닦달하고 있을 것이다.

큰 소리로 투덜대기도 하고 껄껄 웃기도 하던 그의 모습이 눈앞에 하나 가득 떠올랐다.

"그럼 유 대협께서도 떠나시려는 것입니까?"

유모량을 돌아보며 묻자 그가 쓴웃음을 지었다.

"어디로든 가야겠지."

"용호보로 돌아가시는 게 아니란 말씀입니까?"

"더 이상 검을 잡을 수 없는 몸이 되었는데 용호보로 돌아가 무엇 하겠느냐?"

"하오면……."

"이름없는 골짜기에 숨어서 죽기를 기다릴 수밖에. 그게 내 길인 게야."

그의 말은 처량하기 짝이 없었다.

죽음의 목전에 이른 노인의 한탄이 아니라 죽은 뒤의 평온함을 갖지 못하게 된 불쌍한 영혼의 탄식이었다.

담사헌이 안타깝게 그를 바라보았다.

"내가 유 형을 도와주겠소."

"도와준다고? 어떻게 말인가?"

"유 형에게 신세진 게 있으니 갚아야 하지 않겠소? 목숨의 연장이야 내 힘으로 어쩔 수 없거니와 영혼이 암흑존자의 마수에 넘어가지 않도록 막아드릴 방법은 찾을 수 있을 것 같소이다."

"어떻게? 자네가 정말 그렇게 해줄 수 있단 말인가?"

"한 가지 길이 생각났소."

"어서, 어서 말해보게."

유모량이 급하게 말했다. 실낱같은 희망을 가지고 간절히 바라본다.

"나와 함께 청목사로 갑시다. 그곳에는 사천왕이 있고, 도진 선사가 있지 않소?"

"청목사……."

유모량의 안색이 어두워졌다.

그것과 상관없이 담사헌은 제 말을 계속했다.

"도진 선사는 검법의 무상한 도를 깨우쳐서 이미 인간을 초월했을 뿐 아니라 불도를 이루어 살아 있는 부처나 다름없는 고승 아니겠소? 그로 인해 청목사가 광명을 두르고 있으니 유 형이 그곳에 몸을 의탁한다면 암흑존자가 감히 손을 뻗지 못할 것이오. 소제가 그곳까지 유 형의 호위가 되어 모시고 가리다."

그의 말이 옳다는 걸 모르는 유모량이 아니었다. 하지만 그가 꺼리는 건 과연 청목사에서 자신을 받아줄 것인가 하는 것이었다. 그는 평소 청목사와 그다지 사이가 좋지 않았던 것이다.

뿐만 아니라 도진 선사와는 일면식도 없다. 게다가 청목사 사천왕의 수좌인 용장보현에게도 좋은 인상을 주지 못했다.

"자네가 나의 호위가 되어준다면 악몽들이 따라붙는 걸 두려워하지 않아도 되겠지. 하지만 내가 청목사와 무슨 인연이 있을까?"

탄식하자 담사헌이 호기롭게 말했다.

"인연이야 만들면 되는 거지. 걱정 마시오. 만약 도진 선사가 유 형을 받아주려 하지 않는다면 내가 그와 싸우고, 그래도 고집을 부린다면 청목사의 기둥을 뽑아 무너뜨려 버리고 말겠소. 하하하!"

그의 과장된 자신감에 유모량이 빙그레 웃었다.

"쇠뿔도 단숨에 빼라고, 마음이 변하기 전에 갑시다."

담사헌이 불쑥 일어섰다.

마음을 정한 유모량이 황보강을 보았다.

"너와의 동행은 여기까지인가 보다."

하고 싶은 말이 많을 것이다. 하지만 말로는 다 할 수 없는 게 감정이다. 유모량은 지그시 바라보는 눈길로 말을 대신했다.

황보강이 그의 주름진 손을 굳게 잡았다.

"부디 무사하시기 바랍니다. 기회가 된다면 청목사로 유 대협을 찾아가겠습니다."

"뜻을 이루기 바란다."

유모량이 고개를 끄덕이는 걸로 인사를 대신하고 돌아섰다. 담사헌은 아무런 작별의 말도 없이 벌써 저만큼 성큼성큼 걸어가고 있었다.

서운한 마음이 든 황보강이 물끄러미 바라보는데, 그가 우뚝 멈추어 서더니 다시 성큼성큼 되돌아왔다.

"너에게 해주어야 할 말이 있는 걸 깜빡 잊었다."

"작별의 인사 말입니까?"

"쓸데없는 소리. 너와 나는 인연이 있으니 살아서든 죽어서든 언젠가 다시 만나게 될 텐데 인사는 무슨."

"아니었습니까?"

"남쪽으로 이백 리쯤 가면 바다가 나온다. 그곳에서 배를 타라. 지금은 해류가 동으로 흐르는 때이니 노를 저을 것도 없이 기다리고 있으면 닷새 뒤에 구름을 뚫고 치솟은 높은 산 하나가 멀리 보일 것이다. 그곳을 향해 가라."

"예? 무슨 말씀입니까?"

"숨어 있을 곳이 필요하지 않으냐?"

"……!"

"그곳은 세상과 뚝 떨어져 있어서 아무도 알지 못하는 곳이다. 앞에는 바다고 뒤에는 높고 험한 산줄기로 막혀 있지.

사람도 살지 않는 황폐한 곳이니 네가 당분간 몸을 숨기고 있기에는 그보다 좋은 곳이 없을 것이다. 악몽들도 네 흔적을 찾지 못할걸?"

황보강이 감격해하는 얼굴로 담사헌을 물끄러미 바라보았다.

그러잖아도 그에게는 지금 몸을 숨길 곳이 절실히 필요한 터였다. 혼자라면 상관없으나 이제는 호장충과 일백 명의 병사까지 딸려 있으니 더욱 그렇다.

게다가 적망대공 나하순의 성으로 돌아갈 수 없는 처지가 아닌가.

악몽들은 다시 뒤쫓아 올 것이다. 암흑존자가 살아 있는 한 그것들을 떼어놓을 수 없다.

유모량과 담사헌마저 떠나고 없는 때에 그놈들이 쳐들어온다면 그때는 모두 죽을 수밖에 없으리라. 그러므로 무언가 대책을 세우고 힘을 길러야 한다.

그러기 위해서는 그놈들이 쫓아올 수 없는 곳에 당분간 숨어 있을 필요가 절실했다.

그런 생각들을 품고 혼자서 심난해하고 있었는데 담사헌이 이미 그런 것들까지 생각해 두고 있었다니 감격하지 않을 수 없었다.

황보강이 그의 손을 잡고 흔들며 말했다.

"담 대협은 어떻게 그런 곳이 있다는 걸 알았습니까?"

"지난 석 달 동안 내가 거기 숨어 있었거든. 누구의 방해도 받지 않고 수련에 매진할 수 있었지. 그렇지 않았더라면 적당한 때에 맞추어 이렇게 너를 찾아올 수 없었을 것이다."

만약 그가 보름 일찍 오지 않았으면 지난 오후의 싸움에서 모두 전멸해 버리고 말았을 것이다.

황보강은 이렇게 된 게 모두 저에게 정해진 운명이었던 건지도 모른다고 생각했다.

담사헌이 빙긋 웃었다.

"너에게 무엇이 되었든 한 가지 부탁을 들어주마고 약속한 게 있지. 너는 내가 그것을 잊어버렸을까 봐 걱정하지 않았느냐?"

"담 대협이 반드시 약속을 지키는 사람이라는 걸 잘 알고 있는데 그럴 리가 있습니까?"

"그렇다. 나는 반드시 약속을 지키지. 그러니 언제든 말해라. 때가 되면 육화봉으로 사람을 보내."

"그렇게 하겠습니다."

담사헌이 유모량과 함께 떠나갔다.

어둠 속으로 멀어지는 그들의 뒷모습을 보면서 황보강은 잠시 갈등해야 했다.

먼저 천호천산으로 가 풍옥빈에게 신검을 건네주어야 할

지, 아니면 담사헌의 말을 따라야 할지 선뜻 결정할 수 없었던 것이다.

그러는 동안 유모량과 담사헌은 보이지 않게 되었다.

모닥불 가에 흩어져 곯아떨어져 있는 호장충과 병사들을 돌아본 황보강은 우선 저들을 데리고 이곳을 떠나는 게 급하다고 생각했다. 나하순의 성에 암흑존자가 와 있다니 그렇다.

지금 천호천산으로 향한다면 당장 악몽들과 조우하게 될 것이 아닌가.

第五章

귀호대(鬼虎隊)의 부활

1 죽어버린 땅

열 개의 작은 뗏목이 앞다투어 파도를 탔다.

뗏목 한 개에 열 명씩 타고 있는 병사들이 우렁찬 고함으로 서로를 격려하며 힘껏 노를 저었다. 그때마다 뗏목은 산더미 같은 파도 위로 솟구쳤다 떨어지며 필사적으로 나아갔다.

콰앙―!

하늘을 찢는 거대한 뇌성이 온 바다에 진동했다.

우르르르―

가까운 곳에 떨어진 벼락이 바다를 뒤엎는다.

놀란 파도가 몸부림을 치고, 바람이 그것을 산처럼 일으켰다.

"온다!"

무너지는 것처럼 쳐들어오는 파도를 본 병사들이 모두 겁에 질려서 아우성을 쳐댔다.

콰르르르—

쿠앙—!

아프도록 온몸을 때려대는 거친 폭우 속에서 하늘을 가르고 바다를 뒤엎는 뇌성이 쉬지 않고 들려왔다.

큰 파도 뒤에 더 큰 파도가 산봉우리를 이루고 달려오고 있는 게 보인다.

병사들의 얼굴에 감출 수 없는 두려움이 가득해졌다.

"제기랄, 겨우 살았나 했더니 이 바다에서 몽땅 물귀신이 되나 보다!"

호장충이 허공에 주먹질을 해대며 악을 썼다.

열 개의 작은 뗏목은 격류 위에 얹힌 가랑잎 같았다.

파도가 가라앉을 때마다 검은 바다 속으로 빨려 들어가듯이 사라졌다가 솟구쳐 오르는 파도에 실려 다시 하늘 높이 떠오르곤 했다. 그럴 때마다 요란하게 진동을 하고, 통나무를 엮어 묶어놓은 칡넝쿨 줄이 끊어질 것처럼 뿌드득거렸다.

사색이 된 병사들은 노를 저을 생각을 버렸다.

그저 뗏목 위에 납작 엎드려 필사적으로 무엇이든 붙잡고 매달려 있을 뿐이다.

그건 황보강이 타고 있는 뗏목이라고 다르지 않았다.

금방이라도 끊어져 버릴 것 같은 줄이 불안감을 더욱 크게 해주는 것이어서, 병사들은 모두 악을 쓰며 하늘을 원망하고 이 바람과 비를 원망했다.

황보강은 그들을 위해서 아무것도 해줄 수 없었다.

이 거대한 자연의 진동 앞에서 제 자신이 얼마나 보잘것없는 존재인지, 이 깊고 두터운 바다 위에서 인간의 모든 욕망과 의지가 얼마나 가볍고 쓸데없는 것인지 통감할 뿐이다.

그들이 담사헌이 가르쳐 준 대로 바다로 나온 건 이틀 전이었다.

배가 있을 리 없었다.

해안을 따라 나 있는 소나무들을 찍어내 몇 겹의 칡넝쿨로 줄을 만들어 단단히 얽어맸다. 비록 조악하기 짝이 없지만 한 대에 열 명씩은 충분히 탈 수 있는 뗏목을 만든 것이다.

황보강은 담사헌이 거짓말을 했을 리 없다고 믿었고, 호장충과 병사들은 오직 황보강을 믿었다.

뗏목을 띄우고 노를 저어 나아가자 과연 담사헌이 말했던 대로 해류가 그것을 밀어 그들을 순탄하게 동쪽으로 실어갔다.

바람마저 잔잔하니 그 넓은 바다가 마치 호수 같았다.

그렇게 이틀을 지내고 났을 때 갑자기 폭우와 함께 감당할 수 없는 풍랑이 몰아치기 시작한 것이다.

황보강은 이것이 자신들의 진로를 방해하기 위한 암흑존자의 심술일지도 모른다고 생각했다.

그럴 리가 없다고 믿으면서도 이처럼 갑작스럽게 몰려든 험한 날씨와 풍랑을 의심하지 않을 수 없었던 것이다.

이제는 죽고 사는 걸 오직 각자의 운에 맡길 뿐 아무것도 할 수 없었다.

그들이 지금 겪고 있는 그것은 불시에 들이닥친 시련이기도 했다.

그것을 극복하고 모두가 살아서 이 험경을 벗어나기 바라지만 어떻게 될지 알 수 없다.

전장에서의 일이야 남들보다 조금 더 잘 안다고 해도 바다에서의 일에는 깜깜하기만 한 황보강이었다.

그건 호장충이나 다른 병사들 모두 마찬가지였다. 늘 땅에 발을 붙이고 살아왔지 언제 한번 이처럼 출렁거리는 바다에 제 몸을 맡겨본 적이 있던가.

자연의 거대한 힘 앞에서 인간의 지식이나 지혜가 얼마나 가치없는 것인지를 바라보면서 두려움에 떠는 게 지금 할 수 있는 일의 전부일 뿐인 것이다.

얼마나 그렇게 비와 바람과 파도에 시달리며, 싸우며 버텼

던가. 어느덧 요란하게 들끓는 바다의 출렁거림이 조금씩 가라앉아 가고 있었다.

대자연이, 이 바다가 가엾은 인간들의 몸부림을 안타깝게 여겨 자비를 베푸는 것인지도 모른다.

그러나 황보강은 이게 다가 아닐 것이라고 짐작했다.

불끈 힘을 크게 한번 쓰기 위해서 바다가 잠시 숨을 고르는 중일 것이다.

한번 닥친 시련은 곱게 물러가는 법이 없지 않던가.

최후까지 사람을 굴리고 짓눌러 숨통마저 끊어져 버릴 지경에 이르도록 괴롭힌다.

하지만 포기해서는 안 된다. 한 가닥 숨이라도 남아 있으면 희망을 버리지 않고 붙잡아야 하는 것이다.

헐떡이며 버텨야 하는 것이다.

그러면 비로소 어느 날 자신이 저도 모르는 사이에 시련의 파도를 넘어섰다는 걸 깨닫게 된다.

하늘은 여전히 짙은 먹구름으로 덮여 있었지만 더 이상 천둥번개는 치지 않았다. 온몸을 흔들어대던 바람도 기운을 잃어가는 것 같다.

그러나 그러한 현상을 황보강은 더 큰 긴장으로 바라보고 있었다. 심상치 않다는 예감이 자꾸 들어서였다.

왜 그런 건지는 알 수 없다.

다들 처박고 있던 머리를 들고 두리번거렸다.

아직도 사방은 어둑어둑하고 빗방울이 떨어지고 있었다. 바람이 물러가고 있으나 파도는 여전히 일어서고 눕기를 거듭했다. 그러나 곧 죽을 것 같았던 조금 전까지의 그 흉포함은 없었다.

이제 끝난 건가 하는 생각이 모두에게 들 무렵, 긴장을 풀지 않고 사방을 살펴보던 황보강이 벌떡 몸을 일으키며 소리쳤다.

"온다! 저기!"

다들 그가 가리키는 곳을 본다.

그리고 사색이 되어서 그대로 굳어버렸다.

저 먼 곳에서 바다가 천천히 일어서고 있었던 것이다. 그런 광경은 처음 본다.

마치 깊은 바다 속에서 거대한 산맥이 솟아오르고 있는 것 같았다.

그것이 높아질수록 밀려난 바다가 몇 겹의 파도가 되어서 달려왔다.

저 멀리 누웠던 몸을 일으키고 있는 거대한 놀이 우우우 하는 괴이한 소리를 토해냈다. 하늘에도 으르렁거리는 뇌성이 가득해진다.

마치 이 거대한 바다가 살아 있는 괴물이 되어서 일어서는 것 같았다.

산을 뒤엎을 것처럼 높고 크게 일어서는 놀과 그 아래 끝이 보이지 않을 정도로 가라앉아 버리는 바다의 골짜기. 그것은 곧 해일이 되어서 제 앞에 있는 모든 것을 덮어버리며 세상 끝까지 달려갈 것이다.

크르르르—

바다의 비명처럼, 아니, 포효처럼 커다란 소리가 하늘에 울렸다. 솟구친 바다는 거대한 산맥이 되어 완전히 일어섰다.

그리고 이내 흙덩이처럼 부서져 내리기 시작했다. 하늘 높이 던져진 바윗덩이들이 우박처럼 쏟아지듯 산산이 부서진 바다가 그렇게 쏟아져 내리기 시작한 것이다.

쿠르르르—

그 굉장한 힘을 주체할 수 없다는 듯 바다가 무거운 신음을 터뜨렸다.

해일이었다.

산을 밀어버리고 대지를 집어삼켜 버릴 것 같은 거대한 물의 분노다.

누가 시키지 않았어도 병사들은 앞다투어 제 몸을 뗏목에 묶고 붙잡을 수 있는 건 무엇이든 있는 힘껏 쥐었다.

저 멀리 거대한 벽처럼 솟구치며 달려오고 있는 바다를 더 이상 커질 수 없는 두려움으로 바라본다.

그들은 바다가 저렇게 뒤집어지는 굉장한 광경을 꿈에서도 본 적이 없었다. 상상할 수도 없다.

그러므로 그들에게 저것은 바다가 아니었다. 맹렬하게 뒤쫓아오는 공포다. 그것을 바라보는 자들의 얼굴이 하얗게 탈색되었다.

콰아아—

첫 번째 해일이 뗏목을 가랑잎처럼 말아 올려놓고 지나갔다.

그다음에 찾아온 덮어 누르는 거대한 물의 힘. 그건 뗏목을 바다 밑바닥까지 처박아버리려는 것 같은 엄청난 수압이었다.

"또 온다!"

호장충이 숨을 헐떡이며 비명을 터뜨렸다.

저 멀리에서 두 번째 해일이 머리를 든 채 맹렬하게 달려오고 있었던 것이다.

해일은 그들 모두에게 몇 번씩이나 죽음을 맛보게 했다.

하늘 꼭대기까지 솟구쳤다가 지옥의 시커먼 바닥까지 떨어지기를 몇 번이나 거듭했는지 모른다.

하지만 그 덕에 뗏목은 바람처럼 빠르게 바다를 벗어나고 있었다.

하루하고도 반나절.

지옥 같은 그날을 어떻게 보냈는지, 어떻게 해서 아직까지 살아 있는 건지 알 수 없다.

어느덧 바다는 부드러운 운율로 출렁거렸고, 두려움의 찌꺼기는 나른한 무력감으로 모두를 잠재웠다.

담사헌은 닷새를 얘기했다. 하지만 사흘이 지났을 뿐인데 벌써 흙냄새가 바람에 묻어왔다.

저 멀리 수평선 위에 둥둥 떠 있는 검은 산들이 보이기 시작했을 때 그들은 비로소 허기와 갈증을 느꼈다.

뭍에 올라온 즉시 황보강이 병사들에게 선언했다.

"너희는 자유다. 이제 더 이상 파도와 싸우지 않아도 된다. 악몽들은 너희를 찾지 못할 것이다. 너희에게 찾아올 리도 없지. 아무도 너희의 앞을 가로막지 않을 것이다. 그러니 이대로 고향으로 돌아가. 아니면 원하는 곳으로 가라."

"당신은?"

누군가가 소리쳐 물었다.

"나는 내가 가야 할 곳으로 간다."

"그곳이 어디지?"

"그건……."

황보강은 문득 말문이 막혔다. 막막해진다.

'도유강으로?'

자기 자신에게 묻고 스스로 머리를 가로저었다.

사량격발의 손에서 풀려났을 때는 그곳으로 돌아가려는 생각뿐이었다.

가서 아버지를 만나고, 아버지로부터 위안과 가르침을 받기 원했다.

하지만 악몽들은 그것을 허락하지 않았다.

황보강은 이제는 제가 어디로 가든, 무엇을 하든 그놈들의 훼방을 받으리라는 걸 잘 알았다.

도유강으로 돌아가면 평화로운 그곳으로 악몽들을 끌어들이는 일밖에는 되지 않는다.

'결국 그놈들을 이 땅에서 없애 버리는 일밖에 없나?'

그것을 생각하지 않을 수 없었다.

평생 그 지긋지긋하고 끔찍한 놈들을 꼬리에 달고 살 수는 없지 않은가.

그렇다면 적극적으로 나서서 그놈들과 싸워 섬멸해 버릴 수밖에 없다.

암흑존자의 목을 쳐야 한다.

'복수를 위해서?'

제 자신의 그 물음에는 어쩌면 그럴지도 모른다고 생각했다.

청오랑국의 멸망에 대한 것도 그렇고, 신성대제의 죽음에 대한 것도 그렇지만 더 큰 원한은 도울 각하와 그의 군단에 대한 것이다.

아니, 그것보다 더 잊을 수 없는 원한은 자신을 믿고 따르던 귀호대의 모든 용사들에 대한 것이었다.

그들은 살아서 복수를 해달라고 하지 않았던가. 그 믿음을 가지고 장렬하게 죽어갔다.

그러므로 그들의 죽음에 대한 복수를 해주는 게 아직 살아 있는 자신이 반드시 해야 할 일이다.

그렇게 생각하자 마음속에서 분노와 투지가 다시 꿈틀거렸다.

'하지만 어떻게?'

그러나 뒤따른 그 의문 때문에 황보강은 낙심하고 말았다.

나 혼자의 힘으로는 결코 악몽들을 섬멸할 수도, 암흑존자를 죽일 수도 없지 않은가. 사량격발을 죽이고 대황국을 파멸시킬 수도 없다.

대황국과의 전쟁을 치를 만한 병사들을 가질 수 있다면 가능할 것이다. 가능하게 할 자신도 있었다.

그러나 지금 그는 혼자였다.

호장충과 일백 명의 생존 병사가 있지만 그들은 아직 자신의 병사들이 아니고, 그들이 복종을 맹세한다고 해도 터무니

없이 부족한 수다.

황보강은 갑자기 사막 한복판에 뚝 떨어진 것처럼 고독해졌다.

대체 제가 무엇 때문에 이곳에 와 있는 건지, 아니, 무엇 때문에 살아왔던 건지, 제 삶이라는 게 과연 있긴 했던 건지, 이것도 혹시 지독한 꿈의 한 부분은 아닌지…….

그 모든 게 다 의아하고 의심스러워졌다.

2 부하를 얻다

병사들은 그의 대답을 기다리고 있었다.

뚫어지게 그를 바라본다.

—대체 당신이 가려는 곳은 어디인가?

그 질문에 대하여 황보강은 이제는 저도 제가 가려는 곳이 어디인지 알 수 없게 되었다.

답답하기만 한 모호함으로 그가 열에 들뜬 사람처럼 중얼거렸다.

"나도 몰라. 하지만 내가 가야 할 곳이 있다는 건 안다."

그의 대답을 기다리고 있던 자들이 시끄럽게 말했다.

"우리에게도 그곳을 가르쳐 주시오."

황보강이 멍한 얼굴로 그들을 마주 보며 되물었다.

"무엇을?"

"가야 할 곳을 말이오."

한쪽에 팔짱을 끼고 서서 그를 뚫어지게 바라보던 호장충이 나섰다.

"어떻게 할 거요? 결정을 하시오. 그러면 우리는 따르겠소."

호장충의 채근이 황보강을 상념에서 깨어나게 했다.

그가 호장충에게 천천히 말했다.

"너는 꿈이 있지 않나? 네가 하고 싶은 걸 해도 이제는 누구도 뭐라고 할 사람이 없다. 가서 산적질을 해도 좋고, 이 병사들과 함께 만만해 보이는 성을 빼앗아 차지하고 눌러앉아도 된다. 내가 결정해 줄 일이 아니지 않느냐?"

"언젠가는 그렇게 될지도 모르지. 언젠가는 말이오. 하지만 지금은 우리를 이끌어줄 사람이 필요하오. 그 벌판에서 우리를 끌고 나와줄 사람이 필요했듯이."

"대체 언제까지?"

"그걸 당신이 결정해 주시오."

호장충의 말에는 황보강에 대한 믿음이 있었고 단단한 신념이 깃들어 있었다. 이름도 없는 검은 벌판에서의 싸움이 그를 그렇게 만든 것이다.

황보강은 지금 제 힘으로는 그것을 깨뜨릴 수 없다는 걸 알았다.

무겁게 침묵하는 황보강을 바라보던 호장충이 다시 말했다.

"그때까지 나는 당신을 따르겠소. 당신의 명령에 순종하리다."

호장충의 그 말은 다른 자들의 마음을 대변한 것이기도 했다.

황보강을 에워싸고 있던 자들 중 누군가가 소리쳤다.

"우리는 가지 않겠습니다!"

황보강이 그들을 바라보았다.

"모두의 뜻이 확실한 거냐?"

"그렇습니다. 우리는 당신과 함께 있기를 원합니다."

그들의 결연한 말에 황보강은 놀라는 대신 오히려 조금씩 냉정해져 갔다.

"나와 함께하는 세상은 그 벌판보다 더 험악할지도 모른다. 그리고 나는 결코 그것을 피해가지 않을 것이다. 그러니 나를 따른다면 모두 죽을지도 모른다."

그 말에 병사들이 앞다투어 소리쳤다.

"죽고 사는 건 같은 것 아니겠습니까? 그러니 죽음이 두려우면 삶도 두려워해야 할 것입니다!"

"우리가 두려워하는 건 이제 어디로 가야 할지 모른다는 겁니다. 다른 건 아무것도 두렵지 않습니다!"

황보강이 다시 그들 백 명의 사내를 하나씩 눈여겨보았다.

거짓은 없었다.

그걸 확인할 수 있기에 더욱 심경이 착잡해진다.

'또 하나의 귀호대가 만들어진 건가?'

황보강은 이제 제가 이들을 이끌 수밖에 없다는 걸 인정했다.

의지하고 있던 적망대공 나하순의 성에서 나와 다시는 돌아갈 수도 없게 된 자들 아닌가.

대황국과 악몽들의 표적이 되었으니 지금의 세상에서 그들이 갈 곳은 없다고 해도 과언이 아닌 것이다.

누군가가 그들을 이끌어주어야 하는데, 역시 황보강밖에 없었다.

호장충이 호기롭게 제 가슴을 두드렸다.

"그럼 그렇게 결정된 거요."

그리고 이내 머리를 갸웃거린다.

"그런데 이제 무얼 하지?"

황보강이 비로소 빙긋 웃었다.

"먹고 쉴 곳을 찾아야지."

"그런 다음에는?"

"싸우는 거다."

먹고 쉬는 것, 그리고 싸우는 것.

또 다른 세상에 나왔으나 삶의 법칙은 달라지지 않았다.

"누구와?"

호장충은 어리둥절할 뿐이었다. 황보강을 내세우고, 그를 따르기로 결정하고 나자 갑자기 어린아이가 되어버린 것 같았다.

"세상과."

"세상?"

"너희가 주관할 수 있는 세상을 만드는 거다. 그러자면 지금의 세상과 싸울 수밖에 없지."

호장충이 더욱 어리둥절한 얼굴을 하더니 발을 굴렀다.

"빌어먹을. 부끄럽게도 우리는 어떻게 싸우는 건지 모르오."

각자의 무용을 믿고 거들먹거렸을 뿐, 체계적인 훈련과 지휘를 받아본 적이 없는 탓이다.

"내가 가르쳐 주겠다. 나는 너희를 귀호대로 삼겠어. 이제부터는 나와 함께 살고 함께 죽는 거다."

"내 말이 바로 그 말이요. 이제 당신은 우리의 대장이요. 우리 모두 귀호대의 대원들이 되었다는 건 큰 영광이야."

껄껄 웃은 호장충이 비로소 안심이 되는지 머리를 크게 끄덕였다.

황보강과 귀호대의 용맹에 대해서는 그도 익히 들어 알고 있었던 것이다.

이제 자신들이 그 귀호대가 된다니 가슴이 뿌듯해지기만 했다.

모두의 뜻이 정해지자 그것을 받아들인 황보강은 제일 먼저 편제를 정하고 그들을 나누었다.

호장충을 자신의 부장으로 삼고, 일백 명의 병사를 열로 나우어 열 명씩 한 조를 이루게 했던 것이다. 그리고 그중 건장하고 무용이 쓸 만한 자를 내세워 각 조의 조장으로 삼았다.

다시 두 개 조, 스무 명을 묶어 다섯 개의 분대를 조직했는데, 그 분대장에는 검은 벌판에서 악몽들을 뚫고 나갈 때 자신과 함께 선두에 섰던 다섯 명의 용사를 임명했다.

그들의 용맹이 무리 중 단연 돋보였던 것이다.

* * *

"이곳은 조개무덤이라고 하는 곳이라오."

정찰을 나갔던 자들이 데리고 온 늙은 어부가 그렇게 말했다.

"조개무덤?"

낯선 이름이다.

"원래 비옥한 갯벌이었는데 어느 날부터인가 빠르게 죽어가기 시작했지. 조개며 게들이 모두 기어나와 말라죽었다오. 넓디넓은 갯벌을 하얗게 뒤덮다시피 했어. 그리고는 지금처럼 억새만 무성한 황무지로 변해 버렸소. 갯벌에 기대어 살던 사람들도 죄다 떠나고 나처럼 옛 추억을 차마 버리지 못하는 늙은이 몇 명만 남아 지키고 있다오. 땅이 죽어가고 있는 게야."

늙은 어부의 짓무른 눈이 젖어들었다.

황보강은 끝이 보이지 않을 정도로 넓게 펼쳐져 있는 억새벌판을 돌아보았다.

"그럼 다른 곳도 이와 같단 말씀이오?"

노인이 손을 들어 저 멀리 우뚝 솟아 있는 험한 산을 가리켰다.

"그렇다오. 저 산 아래에는 비옥한 토지가 있었지. 그런데 지금은 그곳도 억새만 무성할 뿐 곡식 한 톨 자라지 못하는 죽은 땅이 되었구려."

"무엇 때문에 멀쩡하던 땅이 죽어간다는 거요?"

"지신(地神)이 떠난 거겠지."

노인이 탄식하고 바닷가로 멀어져 갔다. 죽어버린 모래톱에 엎드려 나오지 않는 조개를 찾을 것이다. 하지만 손이 부르트도록 갈퀴질로 검은 흙을 파헤쳐도 소용없으리라.

결국 노인은 지고 간 망태 가득 제 추억만 캐 담아 가지고 돌아올 것이다.

멀어져 가는 노인의 구부정한 등이 가슴에 아프게 박히는 것이어서 황보강은 핏발 선 눈으로 애꿎은 하늘만 노려보았다.

"저 산에 산채가 하나 있습니다."

나중에 돌아온 다른 정찰조가 그렇게 보고했다.

노인이 가리켜 보였던 그 산이다.

옅은 안개 속에 우뚝 솟아 있는 험하고 높은 산인데, 그곳에서는 사방이 모두 훤하게 내려다보일 것이다.

"관조산(觀照山)이라고 한다는데, 반나절 길입니다."

황보강이 머리를 갸웃거렸다.

"산채? 이런 곳에도 산적이 있단 말인가?"

"산 아래에 살고 있는 몇몇 노인들에게 물어보았더니 하나같이 인정사정없는 놈들이라고 말하더군요. 오백 명이나 되는 시커먼 놈들이 저 산 너머에까지 노략질을 나가곤 한답니다."

황보강이 무리를 돌아보았다.

다들 지치고 굶주린 기색이 역력했다. 무엇이든 먹고 쉬게 해야 할 텐데, 이 황량한 곳에서는 짐승마저 찾아볼 수 없다.

산적이라는 말에 구미가 당기는 듯 호장충의 눈이 반짝였다. 커흠, 커흠 하고 연신 헛기침을 한다.

그러더니 참지 못하고 충동질을 했다.

"대장, 일단 가봅시다. 먹을 걸 부탁해 보고, 안 들어주면 까짓 내쫓아 버리고 우리가 산채를 차지하지요, 뭐."

"쉽게 생각할 일이 아니야."

"달리 선택의 여지가 있소?"

하긴 그렇다.

무리를 다스리려면 제때에 그들이 원하는 걸 해주어야 한다. 하지만 지금 황보강은 그들을 위해서 아무것도 해줄 수 없었다.

우선은 주린 배를 채워줘야 하지만 그렇다고 불쌍한 사람들을 노략질할 수는 없지 않은가.

"가보자."

결정한 황보강은 우선 열 명의 정탐조를 앞세웠다.

그런 다음 그들과 두어 마장 사이를 두고 오십 명을 인솔해 나아갔다.

호장충에게는 나머지 사십 명을 데리고 다시 한 마장의 거리를 두고 뒤따르게 했다.

일백 명의 사내가 그렇게 길게 늘어진 대형을 이루고 억새 벌판이 된 말라 버린 갯벌을 등졌다.

뗏목의 무게를 가볍게 하기 위해 갑주를 다 바다에 버렸으므로 지금은 모두 후줄근한 홑옷 차림이었다.

그나마 여기저기 핏물로 얼룩지고 찢어진데다가 제대로 다듬지 못해 무성하게 자란 수염과 봉두난발은 누가 보아도 거지 떼이거나, 여러 날 고생한 난민의 무리로 보일 것이다.

그들이 그런 초라한 몰골로 길게 늘어진 대형을 이루고 벌판의 동쪽, 유일하게 툭 터진 곳을 지나 천천히 억새밭을 가로질러 서쪽으로 나아가기 시작한다.

3 산적들과의 조우

그들이 헤쳐 나아가고 있는 곳은 평원이라고 해야 마땅할 드넓은 억새 벌판이었다.

오른쪽에는 북서로 길게 이어진 산봉우리들이 구름과 바람을 붙잡아두는데, 관조산은 그곳에서 뚝 떨어져 나와 벌판 남쪽을 차지하고 우뚝 솟아 있는 험한 산이었다.

곧게 뻗은 능선이 병풍을 펼쳐 놓은 것처럼 억새 벌판의 남쪽을 가리고 있는 형상이다.

산채가 있다는 그 산의 대검봉(臺劍峰)으로 올라가려면 깊고 좁은 호명곡(狐鳴谷)을 지나야 했다.

그렇지 않으면 어디까지 뻗어 있는지 알 수 없는 산을 끼고 한참을 돌아야 하는데, 어쩌면 하루나 이틀 길을 헤매야 할지도 모른다.

골짜기 앞에서 황보강은 망설였다. 일단 안으로 몰려들어가면 움직임에 제약을 받기 때문이다.

적이 협공이라도 해온다면 속수무책으로 당할 수밖에 없다.

병법을 아는 자라면 군사를 몰아 이와 같은 골짜기를 통과하려고 하지 않을 것이다. 하지만 지금은 멀리 돌아갈 수도 없는 형편이었다. 모두 지치고 힘들어하지 않는가.

몇 번을 망설이던 황보강은 정찰조를 먼저 골짜기 안으로 들여보냈다.

한참 뒤에 두 명이 돌아와 보고했다.

"아무것도 없습니다."

"확실한 거냐?"

"조장과 나머지는 이미 골짜기를 빠져나갔습니다. 매복 따위는 없습니다."

마음을 놓은 황보강이 비로소 행군을 명했다.

골짜기 깊은 곳을 천천히 더듬어 들어가는 중에 앞서 갔던 정찰조 중 한 명이 다시 돌아와 급히 보고했다.

"놈들이 내려왔습니다."

"그렇겠지."

산채를 틀고 있는 산적들이라면 늘 사방을 경계하게 마련이다. 언제 토벌대가 들이닥칠지 모르고, 언제 약탈할 대상이 지나갈지 모르기 때문이다.

그런 자들이 백여 명이나 되는 무리가 다가오고 있다는 걸 모를 리 없다.

"몇 명이냐?"

"열두 명인데, 하나같이 무시무시하게 생겼습니다. 게다가 중무장을 하고 있는 것이 심상치 않아 보입니다."

황보강은 그들이 무시무시하게 생겼다지만 고작 열두 명이라니 싸우려는 게 아닐 것이라고 판단했다.

적당히 이쪽의 정체와 전력을 탐색해 보고 흥정을 하려는 자들이 분명했다. 중무장을 하고 있는 건 겁을 주기 위해서이리라.

"가보자."

대열을 멈추게 한 황보강이 호장충과 함께 열 명을 데리고 빠른 걸음으로 나아갔다.

계곡 안. 호리병 입구가 갑자기 툭 터진 듯 널찍한 공간에 이르자 과연 열두 명의 거칠게 생긴 자들이 갑주를 입고 말을 탄 채 기다리고 있었다.

바람에 펄럭이는 붉고 노란 깃발들마다 부적 같은 문양이 어지럽게 그려져 있다.

그것을 본 황보강이 피식 웃었다. 군영의 병사들을 흉내 낸 꼴이 가소롭게 여겨졌던 것이다.

이쪽의 지치고 피곤한 기색이 가득한 형편없는 몰골을 훑어본 산적들이 비웃음을 흘렸다.

"어디에서 오는 자들이냐?"

한 놈이 앞으로 나서더니 제법 위엄있게 물었다. 두령인 모양이다.

황보강도 선뜻 앞으로 나섰다.

"검은 벌판."

"검은 벌판?"

들어보지 못한 듯 두령이 머리를 갸웃거리더니 마편을 들어 가리키며 말했다.

"너희는 도망자들이지? 모반을 꾀했거나, 아니면 뇌옥을 깨고 도망쳐 온 놈들인 게 분명해. 지금쯤은 목에 상금이 붙어 있을 터. 그런데도 이처럼 떼 지어 몰려다니다니 두렵지도 않단 말이냐?"

"너는 관록(官祿)을 먹는 자인가?"

"하하하, 물론 아니지."

"고양이도 궁지에 몰린 쥐는 조심하는 법이다. 우리에게 남은 거라고는 이 한목숨밖에 없다. 하지만 너희는 가진 게 많으니 그렇지 않겠지."

"협박하는 거냐?"

"우리는 다만 배불리 먹고 쉬기를 원할 뿐이다."

"들어주지 않는다면?"

"빼앗아야지."

"핫!"

황보강의 서슴없는 말에 놈이 크게 코웃음을 쳤다. 그에게는 눈앞의 무리가 입김만 세게 불어도 나뒹굴 허깨비들처럼 보였으리라.

말 위에서 거만을 떨며 지그시 바라보던 자가 다시 코웃음을 치고 말했다.

"네놈들의 목을 베어서 상금이나 타야겠다. 기다리고 있어라."

일행과 함께 말을 돌려 골짜기 밖으로 나가는 그들을 보며 황보강이 호장충에게 명령했다.

"다들 서두르라고 해라. 최대한 빠르게 이 골짜기를 빠져나가야 한다."

그의 명령이 곧 모두에게 알려졌고 초조해하던 병사들이 경주를 하듯 일제히 앞으로 내달렸다.

두 마장쯤 그렇게 쉬지 않고 달리자 드디어 비좁은 계곡에서 빠져나올 수 있게 되었다.

황보강이 안도의 한숨을 쉬었다.

"보기에만 그럴듯했지 형편없는 놈들이다. 싸울 생각을 했다면 우리가 골짜기 안에 들어와 있을 때 공격해야 했어."

"이제 어찌시려오?"

숨을 헐떡이며 묻는 호장충에게 황보강이 한곳을 가리켰다. 산 아래 툭 튀어나온 언덕이다.

"저곳에 진을 치자."

호명곡을 나와 관조산에 이어져 있는 능선 중 도드라진 곳이었다. 목책이라도 두른다면 한동안 안전할 테지만 지금은 그럴 시간이 없다.

일백 명의 병사를 이끌고 언덕 위로 올라간 황보강은 사방에 초병을 세우고 기다렸다.

싸울 생각이라면 밤이 되기 전에 놈들이 저 산에서 쏟아져 내려올 것이다. 그러면 좁은 골짜기를 등지고 이 언덕에 기대서 한바탕 전투를 치러야 한다. 배수진을 친 거나 마찬가지였다.

산 위에서 쿵 하는 포성이 들렸다.

"온다!"

황보강이 큰 소리로 모두에게 알렸다. 저것이 출병의 신호라는 걸 짐작한 것이다.

"우리는 굶주렸고 피곤하다. 산채에는 먹을 게 충분하고 병장기와 재물도 풍족할 것이다. 그것을 빼앗는다면 살 것이고, 그렇지 않으면 여기서 다 굶어 죽을 수밖에 없다."

"와아—!"

무리가 일제히 함성을 질러서 결의를 내보였다.

그들로서는 살기 위해 악착같이 싸울 수밖에 없었다. 달리 선택할 것이 없는 막다른 길로 내몰린 절박한 처지인 것이다.

먼 숲이 소란스러워졌다. 말 울음소리와 갑주 쩔그렁거리는 소리가 점점 가까워지더니 높이 솟은 깃발들이 보이기 시작했다. 그리고 선두가 모습을 드러냈다.

높은 관조산 상상봉, 대검봉에서 달려 내려온 능선이 골짜기에 가까워지면서 완만해졌는데, 황보강의 무리가 진을 치고 있는 곳은 능선 끝 무렵에 혹처럼 불쑥 튀어나온 바위 봉우리였다.

그곳을 향해 한 떼의 무리가 창검을 번쩍이며 다가오고 있었다. 얼른 보기에 백여 명은 충분히 되어 보이는 자들이다. 그중 말을 탄 자가 스무 명이었다. 선봉인 것이다.

뒤이어 본진이 나올 것이니 서로 합류하기 전에 박살을 내야 한다.

황보강이 병사들을 돌아보았다. 쥐고 있는 병장기들조차 변변한 게 거의 없었다.

악몽들과 싸우고 바다에서 파도와 싸우며 시달리느라 이며칠 사이에 모두 검게 그을려 있었다.

그동안 제대로 먹지도 못했고 쉬지도 못한 탓에 하나같이 눈이 퀭하니 들어가고 몸이 깡말라 거친 행색들이다.

거지 떼나 다름없는 그들에 대한 연민으로 가슴이 아파왔다.

"이 싸움은 중요하다."

황보강이 마음의 고통을 감추고 침착하게 말했다.

"우리가 새로운 땅에서 발을 붙이고 살 수 있느냐, 아니면 모두 죽느냐가 결정되는 첫 싸움이기 때문이다. 너희는 살고 싶을 것이다. 살아서 원하는 걸 하고 싶을 것이다. 그렇다면 나를 믿어라."

"와아—!"

병사들이 일제히 함성으로 대답했다.

악몽과 싸우고 바다를 건너오느라 피곤하고 굶주렸지만 살아났다는 기쁨이 남아 있어서 사기는 아직 왕성했다. 그러면 가능성이 있다.

"누가 선봉을 맡겠느냐?"

"나 말고 또 누가 있겠소?"

"아니요! 내가 하겠소!"

호장충과 괴문동이 동시에 소리치고 달려왔다.

그는 다섯 명의 용사 중 한 명으로서 지금 일개 분대를 이끌고 있지만 이전에는 호장충의 부장으로 있던 자이기도 하다.

황보강은 선봉으로 호장충을 택했다.

그가 일개 분대 이십 명을 호명해서 서둘러 앞으로 나왔고, 황보강의 귓속말을 들은 괴문동은 자신의 분대 이십 명과 함께 별동대가 되어 슬그머니 바위산 뒤쪽으로 내려갔다.

황보강은 따로 두 명의 분대장을 불러 은밀한 명령을 내렸다. 그들이 각기 자신의 분대에 속한 두개 조 이십 명씩을 이끌고 바위산 뒤로 몸을 숨기더니 좌우로 퍼져서 신속하게 내려가 숲 속에 몸을 감추었다.

포진이 끝났을 때 봉우리 아래에 이른 산적 떼 속에서 우두머리로 보이는 자가 말을 달려 나왔다. 산채의 소두령쯤 되는 자일 것이다.

"지금이라도 이곳을 떠난다면 살려 보내주겠다. 그렇지 않으면 모두 죽여서 짐승 밥을 만들어 버리겠어!"

창을 옆구리에 끼고 호통 치는 것이 제법 기세가 당당했다.

"말은 죽이지 마라. 빼앗아야 해."

황보강이 선봉대에게 단단히 주의를 주었다.

"가라!"

호장충의 등짝을 철썩 두드리자 그가 짐승의 포효 같은 괴성을 지르더니 굵은 몽둥이를 쥐고 앞서 달려 내려갔다.

그 뒤를 선봉으로 나선 이십 명이 함성을 지르며 구르듯 뒤따랐다. 비탈에서 갑자기 바윗덩어리들이 마구 쏟아져 떨어지는 것 같은 기세였다.

아래쪽에서 대답을 기다리고 있던 산적들이 깜짝 놀라 술렁거렸다.

"저 거지 발싸개 같은 것들이!"

우두머리가 화가 나서 소리쳤다.

"모두 다 죽여 버려라! 호명채의 어르신들이 얼마나 무서운지 보여줘!"

그가 제일 먼저 말 배를 박차고 달려나왔다.

호장충이 어느새 눈을 부릅뜨고 이를 박박 갈며 그의 코앞에 닥쳐들었다.

꽝!

우두머리가 미처 창을 내지르기도 전에 벼락처럼 달려든 그가 팔뚝 같은 몽둥이를 휘둘러 말 머리를 깨뜨려 버렸다. 말이 구슬픈 울음을 터뜨리고 처박혔다.

황보강은 말을 죽이지 말라고 했지만 싸움 중에 희생이 따르는 건 불가피한 일이다. 그렇다면 제일 먼저 쳐야 할 말과 사람은 바로 우두머리 아니겠는가.

호장충이 아차 하는 사이에 말에서 굴러 떨어진 놈의 등짝을 밟아 누르고 창을 빼앗았다.

달려든 부하들이 그놈을 꽁꽁 묶어버렸고, 나머지는 산적들에게로 부딪쳐 갔다.

싸움을 해보기도 전에 우두머리가 말에서 떨어져 사로잡히는 걸 본 놈들이 어찌할 바를 모르고 우왕좌왕했다.

이십 명의 선봉대는 사슴을 노리는 늑대들처럼 그들 속으로 뛰어들었다.

첫 싸움에서 이쪽의 무서움을 한껏 보여주어야 한다. 그게 피아의 사기에 큰 영향을 미친다. 앞으로 있을 싸움을 생각한다면 그래서 첫 승리가 더욱 중요한 것이다.

봉우리 위에서 긴장하여 바라보던 황보강이 안도의 숨을 쉬었다. 생각보다 호장충과 그의 선봉대가 잘 싸워주었기 때문이다.

호장충과 이십 인의 무리는 미친 말들 같았고, 굶주린 늑대떼 같았다.

그때 좌우의 수풀 속이 소란해지더니 와아 하며 다시 두 무리의 병사들이 쏟아져 나왔다. 두 명의 분대장을 따라 뒤로 돌아 내려갔던 사십 명의 병사가 옆구리를 찌르고 들어온 것이다.

"이때다!"

소리친 황보강이 본진의 이십 명을 모두 이끌고 구르듯 쏟아져 내려갔다.

호장충의 선봉을 상대하던 자들은 뜻밖의 일에 당황하고 어리둥절하는 사이 겹겹으로 포위되어 버렸다.

상대를 무시하고 꺼덕거리며 내려온 자들이 사색이 되어 어쩔 줄 몰랐다.

산적들은 갑주를 입고 좋은 무기로 무장을 했다. 하지만 죽기를 각오하고 덤벼드는 병사들 앞에서는 기가 질릴 수밖에 없었다.

게다가 사방을 에워싸고 괴성을 지르며 일제히 덮쳐드니 원래의 머릿수보다 몇 배는 더 많아 보인다.

비명과 함성이 진동하는 중에 어느덧 이십여 명이나 되는 산적들이 죽거나 다쳤다.

남은 자들도 제 앞을 가리기에 바빠서 동료를 돌볼 새가 없었다.

놀란 말이 울부짖고 죽어가는 자의 비명이 하늘에 닿는다.

그쯤 되자 이제는 무엇으로도 전세를 뒤집을 수 없게 되었다.

전의를 잃어버린 산적들이 도망갈 구멍을 찾지만 보이는 건 모두 악에 받쳐 고함쳐 대는 무서운 얼굴들일 뿐이었다.

"항복하겠소!"

누군가가 크게 소리쳤다. 그게 산적들의 사기를 더욱 바닥으로 떨어뜨렸다.

아직 살아 있는 자들이 앞다투어 칼과 창을 버리고 엎드렸다.

4 대승(大勝)

"뭐야? 채 두령이 사로잡혔어?"

산채에서 승전보를 기다리고 있던 두령 장소삼이 버럭 소리쳤다.

"채 두령을 따라 나갔던 자들도 모두 항복하고 말았습니다."

"이런, 병신 같은 것들! 그깟 거지 떼에게 당하다니!"

"눈 깜짝할 새였는 걸요."

"치워라, 이놈아!"

단단히 화가 난 장소삼이 보고하는 놈의 얼굴을 걷어차 버리고 말에 뛰어오르는데, 안에서 얼굴 하얀 문사 풍의 중년 사내가 달려나와 말고삐를 움켜쥐었다.

"장 두령, 서두를 게 아니오."

"아니라니?"

"채 두령의 용력이 뛰어나고 수하들의 용맹 또한 그런데 눈 깜짝할 새에 모두 사로잡혔다면 다시 생각해 봐야 하지 않겠소?"

"생각은 무슨 생각을 해? 가서 짓밟아 버리면 그만이지."

"그렇지 않소. 아무래도 먹을 걸 주고 잠시 달랜 다음에 대두령이 돌아오면 그때 가서 토끼몰이 하듯 몰아 잡는 게 낫겠소."

"시끄러워!"

장소삼이 귀찮게 하는 사내의 가슴을 밀치고 말을 몰아 달려나갔다. 그러자 눈치만 보고 있던 일백여 명의 부하가 일제히 함성을 지르며 두령의 뒤를 따라 목책 밖으로 내달았다.

"큰일이다. 대두령이 돌아오면 뭐라고 변명한단 말이냐."

사내가 머리를 설레설레 흔들었다.

그는 육풍(陸風)이라고 하는데, 대두령의 신임을 받으며 산채의 살림을 관장했다. 집사 역할을 하는 자인 것이다.

어느 날, 이백 명 남짓한 무리를 이끌고 쳐들어와 단번에 산채를 차지해 버린 대두령은 외부에서 온 사람이었다. 그 싸움에서 산채의 두령 세 명 중 한 명이 죽고, 두 명은 항복하여 대두령의 부하가 되었다.

황보강에게 사로잡힌 채 두령이라는 자와 그를 구하기 위해 급히 나간 장소삼이 그들이다.

지금 대두령은 그가 데리고 왔던 이백 명의 부하를 이끌고 타지로 원정 나가 있는 중이었다. 오늘내일 중에 돌아올 것이니 조금만 기다리면 될 텐데 장소삼이 그새를 참지 못한 것이다.

"책문을 단단히 닫아라. 농성에 들어간다."

이미 장소삼의 패배를 예견한 듯 육풍이 산채에 남아 있는 산적들에게 그렇게 명령했다.

장소삼은 분기로 머리카락이 곤두설 지경이었다. 자신과 함께 산채의 터줏대감이라고 할 수 있는 채화량이 비렁뱅이나 다름없는 놈들에게 사로잡혀 곤욕을 치르고 있을 걸 생각하면 분하다 못해 억장이 무너졌다.

"서둘러라, 서둘러! 그 쥐새끼만도 못한 놈들을 모조리 짓밟아주고 말 테다! 어서 따라와!"

정신없이 뒤따르는 부하들을 재촉하며 이룡령(二龍嶺)의 능선 아래로 구르듯 달려 내려갔다.

채화량이 사로잡혀 있다는 바위 봉우리를 백응봉(白鷹峰)이라고 하는데, 저 앞쪽의 우거진 숲을 지나가면 그 봉우리 아래에 이르게 된다.

장소삼이 대도를 뽑아 들었다. 단번에 치고 올라가 저놈들을 모두 요절내 버리고 말겠다는 투지가 넘쳐난다.

영락없는 거지꼴에 무기도 변변치 않은 놈들이라지 않던가. 그대로 두어도 굶주려 쓰러져 버리고 말 놈들처럼 보인다고 했다.

호명곡에서 그들을 만나고 온 수하로부터 그런 보고를 받았을 때 채화량은 껄껄 웃었다.

"심심하던 참에 잘됐다. 풀밭에서 메뚜기 잡듯 때려잡고 오지."

그렇게 호언장담한 그가 창을 들고 나간 지 채 반 시진도 되지 않아서 모조리 사로잡혀 버렸다니 믿을 수 없기도 했다.

장소삼이 씩씩거리며 숲을 헤치고 나아갈 때였다. 그들의 대열이 반쯤 들어서자 좌우에서 와아 하는 함성이 쏟아졌다.

"엇?"

장소삼이 깜짝 놀라 두리번거렸다.

쉬이익—

그 순간 주먹만 한 돌멩이 한 무더기 날아들었다.

그는 말을 타고 있으니 좋은 표적이 된다. 숲 속에 숨어 있던 자들이 일제히 몸을 일으키며 그를 노리고 돌을 던져 댄 것이다.

황보강의 귓속말을 듣고 백응봉에서 내려와 길목을 지키고 있던 괴문동과 그의 수하 일개 분대 이십 명이었다.

황보강의 예상대로 산채에서 급히 달려 내려온 자들이 매복에 걸려들었으니 신나는 일이었다.

수십 개의 돌멩이가 한꺼번에 쏟아지는 걸 막아낼 재주를 가진 자는 없다.

말이 놀라 앞발을 높이 들고 울부짖었다.

커다란 돌멩이에 거푸 맞은 터라 정신이 하나도 없는 터에 말까지 날뛰니 장소삼은 더 견디지 못하고 굴러 떨어지고 말았다.

뒤처져 따라오던 백여 명의 산적이 놀라 달려왔지만 그들과 장소삼 사이는 이미 한 떼의 무리에게 가로막힌 뒤였다.

장소삼을 호위하고 앞서 달려왔던 십여 명의 산적이 순식간에 피 범벅이 되어 널브러졌다.

장소삼 또한 벌 떼처럼 달려든 자들에게 대도를 빼앗긴 채 꽁꽁 묶이고 말았다.

우두머리가 그렇게 되는 걸 본 산적들이 전의를 잃고 우왕좌왕했다.

그 틈을 노리고 다시 들이친 괴문동과 그의 수하 병사들이 무인지경 휩쓸 듯 산적들 틈을 마구 헤집으며 종횡으로 내달았다.

이쯤 되면 머릿수는 아무런 의미가 없었다.

순식간에 죽거나 다치는 자들이 즐비해졌다. 놀란 산적들이 메뚜기 떼처럼 산지사방으로 흩어져 달아났다.

대승이다.

두 번에 걸친 싸움에서 황보강의 병사들은 불과 십여 명이 다쳤을 뿐이지만 산적들은 죽은 자가 스무 명이고 다친 자는 그 몇 배나 되어 달아났다.

두 명의 소두령을 포함해서 사로잡은 자만도 백여 명에 이르는 전과를 올렸으니 모두들 더욱 사기가 살아나 들떴다.

병장기들을 노획한 것도 큰 성과였지만 그들을 더 들뜨게 한 건 열 필의 건장한 말을 손에 넣었다는 것이다.

게다가 죽은 세 필의 말을 얻었으니 그것이면 일백 명의 굶주린 병사들이 허기를 달래고도 남을 것이다.

그들이 전장을 정리하고 노획한 말과 병장기들을 어떻게 할 것인지 논의하는데 척후로 나갔던 자들이 속속 돌아와 보고를 했다.

"산채에서는 움직임이 없습니다."

"책문을 닫아걸고 꼼짝하지 않습니다."

황보강이 턱을 끄덕였다.

"육풍이라는 자가 제법 병법을 아는구나."

사로잡은 두 두령을 문초해서 산채에는 아직 백여 명의 일당이 남아 육풍의 지휘를 받고 있다는 걸 알아냈던 것이다.

나머지 이백 명의 행방을 묻자 채화량과 장소삼은 대두령이 그들을 이끌고 원정을 나갔다는 말까지 순순히 털어놓았다.

황보강은 원정을 떠났다는 자들이 호명채의 정예들이라는 걸 짐작했다.

대두령이라는 자도 만만치 않은 자일 것이다. 무리를 이끌고 과감하게 원정까지 나설 정도라니 짐작이 간다.

그들이 곧 돌아오리라.

第六章

신천지(新天地)를 열다

1 가장 반가운 사람

전장이 수습된 후 황보강은 다시 사방으로 척후를 내보냈는데, 잠시 후 북쪽으로 나아갔던 자들이 숨이 턱에 차도록 달려와 보고했다.

"오고 있습니다. 그런데 산적들 같지가 않습니다."

"그래?"

"대오가 정연하고 기치창검이 번쩍이는 것이 잘 훈련된 병사들 같던 걸요? 짐이 산더미처럼 쌓여 있는 다섯 대의 커다란 수레를 끌고 있는 것이 노략질한 것들을 가져오는 모양입니다."

수하의 보고에 긴장한 황보강이 즉시 백응봉 꼭대기로 올라가 이마에 손을 댔다.

저 멀리 펼쳐져 있는 억새 벌판으로 한 무리의 인마가 뱀처럼 길게 늘어져 다가오고 있는 게 보였다.

모두 말에 타고 있는데, 대열의 가운데에 수레를 두고 그것을 호송하는 형상이었다.

본대의 한 마장 앞에 세 필의 기마가 향도 겸 정탐조로 나와서 길을 열고 있었다.

호명곡에서 한 떼의 산적들이 뛰어나와 그들 쪽으로 마구 달려가는 것도 뚜렷이 보였다.

산채로 복귀하지 못한 패잔병들이 원정대가 돌아온다는 걸 알고 이쪽의 사정을 전하러 가는 것이다.

그들과 만나고 나서 향도로 나섰던 세 필의 기마 중 한 기가 급히 본대로 돌아가는 게 보였다.

곧 대장 깃발이 좌우로 흔들리고 기마 대열이 멈추어 섰다.

도망쳐 온 패잔병들이 합류하기를 조용히 기다리고 있던 기마대가 대장기의 신호에 따라 움직이기 시작했다.

황보강은 그들의 대형이 변하는 걸 유심히 바라보았다.

수레를 뒤로 물리고 패잔병들이 그것을 지키게 한 다음 이백 명의 기병이 정면에 나섰다.

그러더니 선두에 선 선봉장을 정점으로 삼각형의 첨자진(尖

字陣)으로 벌렸는데, 어디 한곳 어색하거나 우왕좌왕하는 구석이 없었다.

대장기는 즉시 물러나 진의 복판에 위치했다.

"저놈들은 병사들이다."

황보강은 그렇게 단정했다.

그것도 오랫동안 훈련을 받았고, 실전에서 단련된 정예병들이 틀림없었다. 그렇지 않고서는 저처럼 즉각적인 반응을 하기 힘들고, 저렇게 일사불란하게 움직일 수 없는 것이다.

대장기 곁에 우뚝 서 있는 자의 갑주가 저물어가는 햇빛을 받아 황금빛으로 번쩍였다. 대두령이리라.

진의 중앙에서 그를 호위하고 있던 다섯 명의 기마병 중 한 명이 각적(角笛)을 불었다.

뿌우— 하는 소리가 석양빛으로 물들어가는 하늘 멀리 퍼져 나갔다.

산채에 있는 자들에게 신호하는 것이리라.

위아래에서 협공해 한 번에 무찔러 버리겠다는 의도가 분명했다.

"이건 어렵다."

말없이 바라보고 있던 황보강이 머리를 설레설레 흔들었다.

대열을 정비한 기마대는 천천히 억새 벌판을 건너오고 있었다. 황보강은 저들이 절대로 호명곡 안으로 들어오지 않으리라는 걸 잘 알았다.

역시 그의 예상대로 기마대는 호명곡 한 마장 앞에서 멈추고 더 이상 나오지 않았다.

산채에서 내려온 자들이 백응봉의 무리를 공격할 때까지 기다리려는 것이다.

아니면 적어도 그들이 통로를 확보해 줄 때까지 참고 있다가 호명곡을 통과해 백응봉으로 치달려 올라올 것이다.

황보강 곁에서 그들을 바라보던 호장충의 낯빛도 어두워졌다.

"곧 산채에서 놈들이 쏟아져 나올 텐데 어쩌시려오?"

"방법이 없다."

"그럼 이대로 개죽음해야 한다는 거요?"

이를 부드득 간다.

"그럴 바에야 통쾌하게 쳐내려갑시다. 저것들마저 없애고 말과 무기를 빼앗으면 만사 해결될 것 아니오?"

황보강이 머리를 흔들었다.

"저놈들은 모두 잘 훈련되고 전장에서 단련된 기병이야. 정면으로 부딪쳤다간 그야말로 개죽음당하고 만다."

"저놈들이 앞뒤에서 치고 들어오면? 가만히 있다가 당할 수는 없지 않겠소?"

생각할 시간이 많지 않았다.

지금의 형편은 백응봉에 갇혀 있는 것과 다름없었다. 지난 낮의 승리로 들떠 있던 마음이 싸늘하게 가라앉았다.

"도대체 저놈들의 정체가 뭐란 말인가?"

황보강이 잔뜩 눈살을 찌푸리고 중얼거렸다.

병사들이라면 어째서 병영에 있지 않고 관조산의 산채에 버티고 있단 말인가.

산적의 무리라면 저 엄정한 질서와 능숙한 진법이며 행군법은 또 어떻게 된 일인가.

황보강은 쿵쾅거리는 제 가슴의 소리를 들었다.

나 혼자 몸이라면 살고 죽는 걸 개의치 않고 부딪칠 것이다. 말발굽에 밟혀 죽더라도 이처럼 망설이며 두려워하지 않았을 것이다.

하지만 지금은 일백 명이나 되는 자들이 자신만 바라보고 있다.

나의 결정에 그들 모두의 삶과 죽음이 걸려 있다는 걸 생각하자 무거운 바윗덩이에 짓눌린 듯 답답해졌다.

입술을 깨물며 한동안 침묵하던 황보강이 결정한 듯 단호하게 말했다.

"대두령이라는 자를 만나보겠다."

"혼자서 말이요?"

호장충이 깜짝 놀라 물었고, 괴문동과 함께 황보강의 뒤에서 있던 분대장들도 눈을 크게 떴다. 황보강이 굳은 얼굴을 끄덕였다.

"담판을 지어보겠어. 너희는 여기서 지켜보고 있어라."

황보강이 호장충의 눈을 마주 보며 천천히 말했다.

"만약 내가 죽는다면 그다음에는 네가 결정해. 항복하든지 끝까지 싸우든지."

호장충의 어깨를 두드려 준 그가 빼앗은 말에 올라타고 망설임없이 백웅봉 아래로 달려 내려갔다. 칼도 지니지 않은 채다.

황보강은 좁고 길며 이리저리 굽어진 호명곡을 정신없이 달렸다.

곧 산채의 무리가 내려와 골짜기 입구를 막아버릴 테니 돌아갈 수 없게 될지도 모른다.

하지만 협상이 잘 성사된다면 피를 흘리지 않고서도 원하는 걸 얻을 수 있다. 황보강은 제발 그렇게 되기를 간절히 빌었다.

무리를 저만큼 훌륭하게 지휘하는 자라면 대범하고 냉정할 것이다.

그러니 어쩌면 말이 통할지도 모른다는 한 가닥 희망이 지금 그가 가지고 있는 유일한 무기이자 힘이었다.

그가 음침한 골짜기를 벗어나자 기병의 무리에서 세 놈이 마주 말을 몰아 달려나왔다.

"싸우려는 게 아니다!"

놈들이 말 잔등에 납작 엎드린 채 창을 겨누는 걸 본 황보강이 두 손을 크게 휘두르며 소리쳤다.

"대두령을 만나고 싶다!"

"너는?"

"그들을 이끄는 자다. 나는 너희 두령과 담판을 짓고 싶다."

황보강을 가운데 두고 빙빙 돌며 이리저리 살펴보던 놈들이 눈짓을 하고 길을 열어주었다.

"따라와라."

한 놈이 앞섰고 두 놈은 뒤에서 감시하며 황보강을 진중으로 데려갔다.

가까이에서 보니 더욱 삼엄한 기세가 느껴지는 자들이었다. 받쳐 입고 있는 갑주가 번쩍이고, 창이며 칼이 잘 벼려져 있다.

투구 속에서 이글거리는 눈빛들이 예사롭지 않은 자들.

황보강은 자신의 짐작이 맞았다고 생각했다. 이들은 수많은 전장을 헤쳐 나온 용맹한 자들인 것이다.

그들 앞에 서자 황보강의 몰골은 더욱 초라해 보였다.

머리띠도 없이 길게 늘어진 거친 머리카락과 무성한 수염, 깡마른 얼굴과 후줄근한 홑옷에 맨발이다.

타고 있는 말이 오히려 화려해 보일 지경이었다.

대장인 듯한 자가 세 명의 호위기마를 대동한 채 무리를 헤치고 나왔다.

황동의 갑주로 몸을 감싸고 투구를 눌러썼으므로 얼굴을 알아볼 수 없었다.

투구 속에서 번쩍이는 눈길이 불길 같다.

말 위에 올라앉은 채 그자와 황보강이 서로를 무섭게 노려보았다. 상대가 어떤 자인지 탐색하는 것이다.

한참 만에야 황보강이 천천히 말했다.

"우리에게는 두 명의 두령과 백여 명의 포로가 있다."

"……."

"우리가 원하는 건 먹을 것과 쉴 곳이다. 다른 건 아무것도 탐내지 않는다. 그게 어려운 부탁인가?"

"……."

적장은 말이 없었다. 투구 속에서 이글거리는 눈길로 뚫어질 듯 바라볼 뿐이다. 답답했다.

"닷새 분의 식량과 물을 다오. 그리고 스무 필의 말을 다오. 그러면 포로들을 내주고 이곳을 떠나겠다. 다른 건 아무 것도 원치 않아.”

여전히 대꾸가 없다.

황보강은 이를 악물었다. 왠지 이렇게 말하고 있는 자신이 비굴해 보였기 때문이다. 구걸을 하고 있는 것 같지 않은가.

단단한 벽처럼 아무 말 없이 마주 서 있는 적장 앞에서 자존심이 상했다.

고개를 숙이고 입술을 깨물며 잠시 침묵하던 그가 얼굴을 번쩍 들고 결연하게 말했다.

“그게 싫다면 싸우자.”

“…….”

“우리는 모두 죽기를 각오했다. 그런 자들이 일백 명이다. 적어도 너희의 반은 저승으로 데려갈 수 있겠지.”

“…….”

그 말을 끝으로 황보강은 입을 굳게 다물고 더 말하지 않았다. 할 말도 없다.

두 사람의 눈길이 허공을 격하고 비수처럼 서로를 찔렀다.

“핫하하하—!”

적장이 갑자기 머리를 젖히고 크게 웃었다.

쩌렁쩌렁한 웃음소리가 억새 벌판 멀리 퍼져 나간다.

“응?”

황보강이 의외의 반응에 긴장할 때 적장이 큰 소리로 외쳤다.

"황보 대장, 너무 소심해졌군! 반이라니? 그대라면 우리 모두를 데려갈 수도 있을 텐데?"

"엇!"

의외의 말에 황보강이 찢어질 듯 눈을 부릅뜨고 소리쳤다.

"너는 누구냐!"

"핫하하—! 그새 나를 잊었단 말이냐?"

대두령이 호탕하게 웃으며 투구를 벗었다. 비로소 드러난 그의 얼굴을 본 황보강이 입을 딱 벌렸다.

"살아 있었군!"

그는 어기장군 도울의 충의군에 있던 장수였다.

검은곰이 속했던 응신기(鷹神旗)의 군령(軍領)인 우장군 아국충(牙國忠)이었던 것이다.

척망평의 일전에서 모두 죽은 줄 알았다. 그런데 이처럼 뜻밖의 곳에서 만나게 되자 오히려 믿기 힘들었다.

아국충이 말에서 뛰어내려 두 팔을 활짝 벌렸다. 그의 얼굴 가득 진정한 기쁨이 넘쳐났다.

"그대의 몰골이 말이 아니라 처음에는 알아보지 못했어! 이렇게 살아 있었구나!"

황보강도 말에서 뛰어내렸다.

와락 달려든 두 사람이 으스러지도록 서로를 껴안았다.

긴장하여 그들을 바라보고 있던 군진이 술렁이더니 몇 명이 말을 달려 나오며 소리쳤다.

"정말 귀호대의 황보 대장이란 말입니까?"

투구를 벗어 던지고 달려오는 자들.

황보강의 눈에도 낯익은 병사들이었다. 도울 각하의 충의군에 속해 있던 기병들이다.

모두 이백여 명이 살아남아 아국충을 따르고 있었던 것이다.

죽음을 딛고 살아난 자들이기에 재회의 기쁨이 더욱 감격스러웠다.

2 해후(邂逅)

"다 죽었다. 살아 있는 건 우리뿐이야."

아국충의 눈이 이글거리는 불빛을 받아 번들거렸다. 눈물을 담고 있는 것이다.

황보강이 가만히 머리를 저었다.

"그렇지 않아. 나도 이렇게 살아 있지 않은가. 어디엔가 살아남은 자들이 또 있을 거야."

"그러기를 바랄 뿐이지."

한숨을 쉬는 아국충을 바라보며 황보강은 가슴이 짠해졌다.

그는 싸움에 임하면 굶주린 호랑이처럼 변하지만 평소에는 온화하고 사려 깊은 사람이었다. 귀족의 피를 받고 태어나 의젓하고 당당하면서 순종적이다.

그런 아국충이 이처럼 버려진 땅으로 쫓겨와 산적들과 어울리고 있다는 건 비극이었다.

그가 약탈로 연명하고 있다는 게 황보강에게는 죽은 그를 보는 것보다 가슴 아픈 일이기만 했다.

더 이상 싸움은 없다.

그들은 호명곡 앞의 억새 벌판에 주저앉아 재회의 기쁨을 술과 고기로 함께했다.

일백 명의 새로운 귀호대와 호명채의 오백 명 산적이 서로 섞여 낯을 익히기에 바빴고, 술 냄새와 고기 굽는 냄새가 진동했다.

웃고 떠드는 그들의 왁자한 소리가 밤하늘 멀리 퍼져 나갔다.

"내 술을 한잔 받으시오."

다가온 소두령 채화량과 장소삼이 황보강에게 커다란 술잔을 서로 내밀었다.

"어쩐지 병법에 밝다고 생각했는데, 알고 보니 충의군의 장군이었군. 제기랄, 진작 알았으면 말에서 굴러 떨어지는 멍청한 꼴은 보이지 않았을 거 아니겠소?"

채화량이 퉁명스럽게 말했지만 눈은 활짝 웃고 있었다.

곁에서 장소삼도 호탕하게 말했다.

"알았으니 사로잡힌 게 부끄럽지 않게 되어서 다행이다. 안 그랬으면 정말 창피해서 스스로 혀를 물고 죽었을 거야."

"하하하, 그렇지. 대황국의 간담을 서늘하게 했다는 그 귀호대의 대장 손에 사로잡혔으니 조금도 부끄러운 일이 아니지."

황보강이 그들이 내미는 술을 통쾌하게 마시고 웃으며 위로해 주었다.

"그렇지 않아. 당신들의 용맹에는 나도 두려웠다오. 다만 상대를 너무 얕보고 성급하게 달려든 게 화였던 거지. 우리의 운이 좋았다고 해야 할 것이오."

서로 겸양하고 술잔을 나누는 동안 맺혔던 감정이 바람에 흩어지는 연기처럼 사라져 버렸다. 그것을 지켜보던 아국충이 껄껄 웃었다.

"과연 호걸은 맺고 끊음이 확실한 법이로군."

밤이 깊어갔지만 벌판을 환하게 밝히는 무수한 횃불과 모닥불은 꺼질 줄 몰랐다. 그 불빛 때문에 하늘이 다 붉어졌을 지경이다.

아국충과 황보강은 마주 앉아 지난 일들에 대한 얘기로 시간이 가는 걸 잊었다.

"그럼 결국 대장군께서는 전사하신 건가?"

"끝까지 모시지 못했으니 내 잘못이다."

"어디 그게 당신을 탓할 일이겠어? 우리 모두의 잘못이라고 해야지."

아국충의 얼굴이 다시 밝아졌다. 그가 웃음을 띠고 술을 따라주며 말했다.

"매번 귀호대의 용맹은 충의군에게 커다란 용기를 주었지. 척망평에서도 그와 같았어."

"그곳에서는 다들 잘 싸웠다. 비겁한 자가 한 명도 없었지."

"그나저나 잘됐어. 이렇게 살아서 다시 만난 것도 하늘이 정해준 운명이겠지."

"운명……."

황보강의 얼굴이 문득 어두워졌다.

너는 내가 만들어놓은 운명에서 벗어나지 못할 것이라고 장담하던 암흑존자의 말이 떠올랐기 때문이다.

아국충에게는 악몽이라는 자들에 대한 말을 하지 않았다.

해봤자 믿지 않을 것이기 때문이다.

모아합에게 사로잡혀 대황국의 뇌옥에 갇혀 시달리다가 탈출했다고 대충 말했을 뿐이다.

아국충은 그 말을 조금도 의심하지 않았다.

그가 호기롭게 말했다.

"이제 식구가 더 는 데다가 황보 대장 당신까지 합세했으니 한번 큰 꿈을 가져볼 만하게 되었다."

"어떤 꿈 말인가?"

"이곳을 발판 삼아서 조금씩 주위로 세력을 불려 나가는 거지."

"그런 다음에는?"

"하하하, 이 지역의 패자가 되어서 군림하는 거지 뭐겠어?"

호기로운 말이었지만 황보강은 설레설레 머리를 흔들었다.

"너무 작군."

"응?"

"아 장군, 당신은 고작 이곳에 숨어서 산적 노릇을 하는 걸로 만족할 셈인가?"

"그럼 어쩌겠어? 나라는 없어졌고 천하가 온통 대황국의 수중에 떨어졌다."

의미심장한 눈으로 바라보는 것이어서 황보강은 가슴이 서늘해졌다.

"황제 폐하께서는 대황국의 도성에서, 사량격발의 면전에서 화살에 맞아 돌아가셨다고 하더군."

"으음—"

황보강의 가슴 깊은 곳에서 신음이 흘러나왔다.

두 사람 사이에 무거운 침묵이 흘렀다.

갑자기 주위의 공기가 싸늘하게 식어가는 것 같았다.

"나라도 그렇게 했을 거야."

한참 뒤에 아국충이 중얼거리듯 그렇게 말했다. 황보강이 눈을 크게 뜨고 그를 바라보았다.

"신성대제의 일은 비극이었다. 하지만 망해 버린 나라의 황제가 무얼 할 수 있었겠어? 당신의 목숨으로 일천 명의 목숨을 구했으니 마지막까지 성군으로서의 소임을 다한 것이지."

황보강이 다시 신음했다. 신성대제의 일만 생각하면 언제나 가슴에 답답한 무엇이 가득 찼던 것이다.

"나를 원망하지 않는 것이냐?"

그가 어눌하게 묻자 아국충의 얼굴에 씁쓸한 미소가 떠올랐다. 자조적이기도 하다.

"내가 당신 대신 그 자리에 있었더라면 나도 그렇게 했을 것이다. 그런데 원망은 무슨…….”

그렇게 말하고 슬그머니 외면했는데, 눈자위가 붉어진 것 같았다.

황보강이 그의 손을 잡았다.

잠시 후 아국충이 마음의 평정을 찾은 듯 다시 담담하게 말했다.

“신성대제가 잡혀가고 나라가 망한 뒤 사량격발이 하늘을 대신해 온 천하를 다스리게 되었다. 그러니 이곳에서나마 우리를 지키고 살 수밖에. 적어도 그놈에게 고개를 숙이지는 않을 것이니 지금으로서는 그것만으로도 대단한 거지.”

“틀렸어.”

“그럼 당신에게는 다른 생각이 있단 말인가?”

황보강이 말없이 넓은 억새 벌판을 가리켰다.

끝없이 펼쳐져 있는 드넓은 벌판이다.

남쪽에는 푸른 바다가 있고 넓은 갯벌이 있다.

벌판을 가로막고 있는 산은 높고 험했다.

그것이 천연의 성벽이 되어서 서쪽과 북쪽을 길게 막아주고 있으니 터진 곳은 동쪽뿐이었다.

서쪽의 풍령산(風嶺山) 줄기와 북쪽의 운달산(雲達山) 줄기가 크게 감싸고 있는 공간. 그 남쪽에 관조산이 불쑥 솟아서 바다와 억새 벌판 사이를 가르고 있는 지형인 것이다. 그러니 관조산에서는 저 먼 바다는 물론, 삼산평(三山坪)이라고 불리는 억새 벌판 전체와 풍령, 운달 두 산까지 다 조망할 수 있었다.

황보강이 벌판을 가리키고 산을 가리키던 손을 천천히 돌려 툭 터진 동쪽을 가리켰다.

"저곳을 성벽으로 막으면 이 땅은 천혜의 요새가 된다. 백만 대군이 쳐들어온다고 해도 두렵지 않지. 관조산이 삼산평을 내려다보고 있는데다가 입구는 호명곡뿐이니 그곳에 성을 쌓으면 그야말로 난공불락의 요새가 될 것이다."

"흐음—"

"사람들을 이리로 모아 와서 농사를 짓게 하자. 저 벌판이라면 삼사십만 명은 충분히 먹여 살릴 수 있을 거야."

"흠."

"그렇게 사람들을 불러들여 농사를 짓게 하는 한편 병사를 뽑아 조련한다면 가히 천하를 넘볼 만하지. 그러면 사량격발의 가슴을 다시 한 번 서늘하게 해줄 수도 있다. 지금 여기 있는 육백 명이 씨앗이 되는 거야."

"쳇, 소용없어."

아국충이 볼멘소리를 하고 그 또한 손을 들어 산 아래의 드넓은 벌판을 가리켰다.

"보면 모르겠나? 넓기만 했지 쓸모없는 땅이다. 오죽하면 이곳에 붙어먹던 사람들마저 죄다 떠났겠어? 죽어버린 땅이 된 거야."

"방법을 찾아봐야지."

황보강과 아국충은 앞을 내다보는 방식부터가 달랐다.

벌판을 바라보며 우뚝 서 있는 황보강의 눈이 이글거렸다.

아국충은 그 곁에서 황보강의 말을 곱씹고 있었다.

"곡식을 저장하고 병사를 키워서 사량격발에게 본때를 보여준단 말이지……."

중얼거리던 아국충의 얼굴이 조금씩 밝아졌다.

'하늘이 내려준 기회인가?'

그런 생각이 들었던 것이다. 그러자 그 어느 때보다 마음이 들떴다.

어느덧 황보강을 바라보는 그의 눈에 감탄과 기대가 차오르기 시작했다.

황보강은 호장충과 함께 산채에 머물렀고, 수인들은 호명곡 입구에 임시 거처를 마련하고 거기에 머물러 있었다. 적망대공 나하순의 휘하에 있을 때처럼 여전히 호장충이 그들을 통솔했다.

대두령 아국충은 그들에게 산채를 맡긴 채 산적 모두를 이끌고 다시 원정을 떠났다. 이번에는 두 패로 나누어 두 길로 나간 것이다.

"식구가 늘어났으니 더 부지런히 일을 해야지."

그가 웃으며 그렇게 말했을 때 황보강은 부끄러운 생각이 들었다. 이제는 그들도 무언가 할 일을 찾아야 했다.

앞일을 걱정하기도 했다.

지금처럼 아국충이 대규모의 산적들을 이끌고 멀리까지 자주 원정 노략질에 나선다면 반드시 토벌대를 끌어들일 것이니 그렇다.

그는 양민들의 재물을 약탈하지는 않는다고 했다. 그럴 것이다.

만만해 보이는 성을 공격하여 털거나 위협을 가해서 공물을 받아들이는 건데, 아직까지 무사할 수 있었던 건 운이 좋았다고 해야 할 것이다.

물론 아국충은 야비하거나 잔인무도하지 않았다.

충의군의 우장군이자 일만의 기병단인 웅신기를 이끄는 군령이 아니었던가.

용맹과 무예가 뛰어나고 병법에도 밝았으므로 이쪽의 피해를 최대한 줄이며 매번 성공적으로 원정을 끝마치곤 했던 것이다.

하지만 언제까지 그렇게 운 좋은 날이 계속될 것인지는 알 수 없다.

몸은 편해졌지만 그런저런 생각들로 인해 황보강의 머릿속은 점점 더 복잡해져 가기만 했다.

사흘이 지났다.

그동안 충분히 먹고 편히 쉬었으므로 황보강은 물론 그가 데리고 온 일백 명 모두 기력이 왕성해졌다.

몸에 기운이 다시 생기자 다들 힘쓸 곳을 찾지 못해 엉덩이를 들썩거렸다.

"심심해 죽겠소."

호장충이 다가와 투덜거렸다.

곰처럼 커다란 덩치에 새 옷을 입고 단갑(短甲)을 걸친 모습이 잘 어울렸다.

빙긋 웃은 황보강이 자리에서 일어났다.

"함께 바람이라도 쐬고 오자."

3 물을 찾아서

황보강과 호장충은 말을 타고 오랜만에 시원한 바람을 맞으며 억새 벌판을 천천히 가로질렀다.

황보강이 눈살을 찌푸렸다.

"물이 없다."

발밑을 유심히 살피며 두어 마장을 오도록 물기를 찾아보지 못했던 것이다.

“저쪽으로 가보자.”

황보강이 산자락이 갈라져 나와 움푹 꺼져 들어간 곳을 가리켰다. 저런 곳이라면 물기가 고여 작은 습지라도 이루고 있어야 하리라.

하지만 말을 달려가 본 그곳도 퍼석퍼석하게 마른 땅이었다.

이상하다는 생각이 들었다.

벌판을 가두고 있는 서쪽의 풍령산과 북쪽의 운달산은 높고 험한 큰 산이다. 숲이 우거지고 골짜기가 깊다.

그러니 사시사철 흐르는 물이 있을 것이고, 그것이 벌판에 작은 강이라도 두어 개쯤 만들어놓았어야 정상이 아니겠는가. 그런데 강은커녕 개울 하나 찾아볼 수 없었다.

“옛날에는 강이 있었지.”

풍령산 기슭에 사는 촌로가 짓무른 눈을 비비며 그렇게 말했다.

“벌써 십여 년 전일 거야, 물이 마르기 시작한 지가.”

“그전에는 삼산평이 이처럼 억새 벌판이 아니었겠군요?”

“웬걸, 어디를 파고 무엇을 심던 잘 자라주는 비옥한 들이었다우.”

“그렇다면 어째서 물길이 말라 버렸을까요?”

"지신이 떠나서 그래. 수로를 닫고 이 땅을 버린 거야."

"왜 그렇게 생각하지요?"

"큰 홍수가 난 적이 있었다우. 이 넓은 벌판이 거대한 호수처럼 흙탕물에 잠겨 버린 그런 무서운 홍수였어. 하늘이 뚫린 것처럼 한 달 내내 비가 퍼부었으니까 그럴 만도 했지. 그 큰 홍수에 지신도 견딜 수 없었던 거야."

"큰비……."

잠시 상념에 빠져 있던 황보강이 주위를 둘러보았다.

십여 채의 다 쓰러져 가는 나무집이 모여 있는 궁색한 곳. 죽어버린 이 땅을, 아니, 이곳에 붙잡혀 있는 추억을 차마 버리지 못하고 남아 있는 노인들의 거처였다.

"그때 그렇게 큰비가 오고 나서부터 이 벌판의 물길이 죄다 끊겼어."

"갑자기 말입니까?"

"그렇지. 땅이 무섭게 물을 빨아들이기 시작한 거야. 며칠 만에 강이 말라 버릴 정도였으니 정말 기막힌 일이었지. 그때부터 이 벌판도, 저 너머 바닷가의 갯벌도 다 죽어버렸어."

"그럼 노인장은 어디에서 물을 구합니까?"

"저기."

노인이 마른 흙처럼 푸석푸석한 손가락을 들어 한곳을 가리켰다.

풍령산의 끝자락인데, 잡목이 우거진 움푹한 곳이었다.

말을 달려 가보니 그곳에는 작은 물웅덩이가 있었다. 맑고 청량하다.

웅덩이를 넘쳐 나온 물이 주변을 축축하게 해놓고 흔적없이 사라졌다. 노인의 말처럼 땅이 물을 죄다 빨아들이고 있는 것 같았다.

웅덩이의 물은 땅속에서 솟아나오고 있었다. 사시사철 넘쳐날 만큼 충분히 샘솟아 나오는데, 그것뿐이다.

목을 축일 수는 있어도 벌판을 비옥하게 해주기에는 턱없이 부족한 수량인 것이다.

물을 빨아들이기만 하는 땅이 가끔은 숨을 쉬기 위해 뚫어놓은 웅덩이 같았다.

황보강은 풍령산의 말라 버린 골짜기를 바라보았다. 퍼석거리는 그곳에도 잡초가 무성했고 나무들이 푸르게 반짝이고 있었다.

'물이 있다.'

그렇게 확신했다. 그렇지 않고서야 나무들이 저렇게 잘 자랄 리가 없지 않은가.

황보강은 호장충과 함께 천천히 골짜기를 따라 산 위로 올라가 보았다. 그러나 이상한 건 아무것도 없었다.

종일 그렇게 산을 오르내렸지만 왜 그 많던 물들이 사라졌는지 알 수 없다.

다음날도 황보강은 호장충과 함께 풍령산으로 올라갔다.

물이 흘러야 할 골짜기가 수십 개. 그것을 하나씩 거슬러 올라가고 내려오기를 거듭하는 일은 지겹고 힘들었다. 그러나 그 다음날도 황보강은 그 일을 그치지 않았다.

"무엇 때문이라고 생각하나?"

푸석푸석한 흙을 만져 보던 호장충이 잔뜩 눈살을 찌푸리고 말했다.

"땅의 성질이 변한 것 같소이다."

"맞아. 큰비가 그렇게 한 것이다."

"비가?"

"표면의 점토질을 모두 벗겨 버렸어. 그것이 강을 메우고 바다로 흘러들면서 갯벌마저 메워 버렸다. 아마 산의 지형조차 그전과 달라졌을 거야."

"설마……."

"내 짐작이 맞을 거다."

황보강이 드러난 바위를 힘껏 찼다. 바위 주변의 푸석한 흙덩이들이 떨어져 계곡으로 쏟아져 내렸다.

"그럼 이 울창한 나무들은?"

"땅속 깊이 뿌리를 내리고 물을 빨아들이는 거지."

"그렇다면 땅속에는 물이 있겠군요?"

"맞아. 비가 오는 즉시 이 산은 거대한 모래 덩어리가 되어서 빗물을 빨아들여 버린다. 그러니 표면으로는 늘 건조할 뿐이지만 조금만 파 내려가면 수분이 가득할 거야."

"흠—"

"저기를 봐라. 아래로 내려갈수록 풀과 잡목이 무성하다. 그건 땅이 품고 있는 수분이 위쪽보다 더 많다는 거다. 저 무성한 풀이 다시 점토질을 만들어내고 있겠지. 이대로 두어도 한 이십 년쯤 뒤에는 저절로 살아나게 될 거야."

"하지만 그때까지 기다릴 수는 없지 않소?"

"그렇지. 우리는 당장 물이 필요하다. 저 벌판을 살려놓아야 해."

"그렇다면 우물을 파면 되겠군요."

"맞다. 땅속으로 스며든 물은 지하에 수로를 만들며 흘러갈 것이다. 그 물길을 찾아서 밖으로 끌어낸다면 삼산평을 되살려 낼 수 있을 거야."

"하지만 지하 수로가 어디로 흐르는지 어떻게 알겠소?"

"지형을 살펴볼 수밖에."

다음날부터 황보강은 풍령산 중턱을 서성거렸다. 큰 바위가 박혀 있는 곳과 나무가 크고 숲이 울창한 곳을 골라 자세히 관찰해 보고, 의심 가는 곳마다 말뚝을 박아두었다.

풍령산은 숲이 깊고 골짜기가 많은 크고 높은 산이다. 그것을 모두 돌아보는 데 한 달이 지났다.

그동안 얻은 게 적지 않았다.

우선 산에 살고 있는 다양한 짐승들을 관찰할 수 있었는데, 멧돼지와 곰, 사슴이 많이 살고, 표범과 늑대의 흔적도 보였다.

역시 물이 있다는 증거였다.

주기적으로 사냥을 해서 짐승을 잡는다면 식량 문제를 해결하는 데 많은 도움이 될 것이고, 무예와 병법을 수련하는 효과도 얻을 수 있다.

그렇게 풍령산을 다 돌아보고 난 황보강은 원정에서 돌아온 아국충과 상의했다.

"물이 있다는 걸 확신한다."

"그랬으면 사람들이 이 넓은 벌판을 버리고 떠났겠어?"

"모든 걸 휩쓸어 가버린 홍수에 질려서 정이 떨어진 탓이지."

"하긴, 남아난 게 없다고 했으니까."

"남아 있는 사람들은 노인 몇 명뿐이다. 물을 찾고 싶어도 그럴 수가 없지 않겠어?"

"왜 나는 물을 찾아보겠다는 생각을 하지 못했을까."

"지금의 삶에 만족하고 있었으니 그랬겠지."

"하하, 그럴 거야. 내 관심은 이 벌판과 물에 있지 않았다."

"그럼?"

"알면서 뭘 묻는 거야?"

아국충이 멋쩍은 얼굴을 하고 흘겨보았다.

황보강이 정색을 했다.

"이제부터는 삶의 방향을 바꿔야 한다. 충분히 그럴 수 있어."

"우리는 고작 육백 명이다. 가능할까?"

"육백 명이 육천 명이 되고, 십만 명의 대군이 될 거다. 우리가 이곳에 성채를 쌓고 비옥한 벌판을 경작한다면 유민들이 흘러들어 오지 않겠나? 그들 중 장정을 가려서 병사로 삼아 훈련시키면 된다. 우리에게는 이미 척망평의 싸움에서 살아남은 이백 명이나 되는 역전의 용사들이 있지 않은가. 그들을 훈련관으로 삼는다면 빠른 시간 내에 정예의 병사들로 키워낼 수 있을 것이다."

"그렇지. 가능하다."

"그리고 삼산평을 개간한다. 식량을 자급자족할 수 있게 된다면 더욱 힘을 기를 수가 있다. 군량을 비축하고, 한편으로는 배를 만들어 바닷길을 개척한다."

"해적질도 한다는 거냐?"

"우리의 힘이 갖추어질 때까지다. 병사들에게 실전의 경험을 쌓게 해줄 수도 있는 일이니 해볼 만해."

아국충이 어깨를 들썩였다.

"좋아, 말만 들어도 벌써 몸이 근질거린다."

"재물이 풍족해지고 병장기가 넉넉해지면 저절로 우리는 이 일대의 패자가 될 수 있다. 작은 성쯤은 하루아침에 깨뜨려 버릴 수 있지. 그러면 포로를 잡아와 노예로 부리거나 병사로 편입해 받아들일 수 있다. 또 우리의 소문을 듣고 찾아오는 자들도 더 많아지겠지."

"하하하—!"

피가 끓어오르는지 아국충이 제 무릎을 치며 크게 웃었다.

"좋아! 당장 그렇게 하자!"

"먼저 물부터 찾아야 해. 그게 모든 것을 가능케 해줄 것이다."

다음날부터 황보강은 제가 데리고 온 일백 명의 귀호대를 동원해 풍령산 아래에 군막을 세우고 상주하며 물길을 찾기 시작했다.

그가 호장충을 데리고 미리 답사해 두었던 가능 지역이 무려 일백이십 곳이나 되었다.

귀호대 일백 명이 개미 떼처럼 달려들어 바위를 뚫고 땅을 팠다. 황보강이 박아놓은 흰 말뚝을 중심으로 풍령산 중턱을 온통 파헤치기 시작한 것이다.

마지못해 하는 일이 아니라 자신들의 미래를 위해 하는 일이니 더욱 힘이 났다. 정을 때리는 망치에 신명이 돌고, 바위를 들어내는 고함 소리에 활기가 넘쳐난다.

첫 번째 물줄기가 잡혔다.

말뚝 주위에 흩어져 다섯 개의 굴을 뚫고 있던 중이었는데, 그중 한 곳에서였다. 비탈진 급경사면에 달라붙어 이십여 장쯤 파 들어갔을 때 물줄기가 비치기 시작했던 것이다.

스물다섯 번 헛수고를 하고 난 다음이라 그 기쁨이 더했다.

"나온다!"

맨 처음 발견한 자가 소리치고 힘껏 곡괭이를 찔러 넣자, 콰앙—! 하는 굉음과 함께 거센 물줄기가 흙과 돌을 밀어내며 뿜어져 나왔다.

온몸에 그것을 맞은 자가 비틀거렸고, 굴속에서 작업하던 자들이 물살에 떠밀리듯 일제히 밖으로 뛰어나왔다.

우르르르—!

풍령산 깊은 곳에서 지진이 날 때처럼 깊고 무거운 으르렁거림이 들려왔다. 그리고 남쪽 기슭 전체가 흔들리는 것 같더니 무시무시한 물줄기가 동굴을 무너뜨리며 뿜어져 나오기 시작했다.

드디어 지하를 흐르던 수맥 중 한곳을 찾아낸 것이다.

물줄기는 폭포가 되어 마른 골짜기 아래로 쏟아졌다. 그러자 지난 오 년 동안 그곳을 무성하게 뒤덮고 있던 잡풀과 빽빽한 숲이 그 물줄기를 붙잡았다.

이틀 동안이나 거센 폭포를 이루고 쏟아져 내린 물이 계곡을 채우더니 서서히 줄어들기 시작해서 작은 물줄기를 이루었다. 하지만 그만큼의 양이 쉬지 않고 흘러나온다.

"백 년은 저렇게 나올 것이다."

황보강이 온통 흙 범벅이 된 얼굴로 환하게 웃었다.

이제는 산채에 남아 있던 오백 명의 인원까지 모두 동원되었다.

황보강이 호장충을 데리고 다른 물줄기를 찾았고, 귀호대를 포함한 육백 명 모두가 개미 떼처럼 달라붙어 계곡에 둑을 쌓았다.

저수고(貯水庫)를 만드는 것이다. 그 일에 석 달이 걸렸다.

호리병처럼 좁은 골짜기 입구를 이십여 장 높이로 가로막은 둑 안에 물이 고이기 시작했다. 그것은 머지않아 골짜기 전체를 넘실거리는 푸른 물로 채워놓으리라. 작은 호수가 생기는 것이다.

그러는 동안 연이어 세 곳에서 그와 같은 물줄기가 발견되었다.

그곳들에도 마찬가지로 저수고를 만들었는데, 꼬박 일 년 동안을 모두 흙투성이가 되어서 그 일에만 매달려야 했다.

네 곳의 저수고가 만들어졌을 때, 처음 완성했던 저수고에는 이미 많은 물이 고여 풍령산 남쪽 기슭의 모양을 바꾸어놓을 정도가 되었다.

그 일이 진행되는 동안 황보강은 몇 명을 데리고 다시 물줄기를 찾아 나섰다.

이번에는 삼산평이었다.

우거진 억새밭을 종횡으로 헤매며 갈라지고 음습한 지대를 골라 표시를 했다.

네 개의 저수고가 완성되었을 때 황보강이 삼산평에 세운 표시는 무려 삼백여 군데나 되었다.

사흘에 걸쳐 큰 잔치를 벌인 다음 이번에는 모두 황보강이 삼산평에 세워둔 표시에 달라붙었다. 우물을 뚫는 것이다. 그리고 풍령산에서와 마찬가지로 맑고 힘찬 물을 찾아냈다.

삼백 곳의 표시 중 여든두 곳에서 물길이 샘솟았으니 대성공이었다.

4 살아나는 땅

삼산평이 살아나기 시작했다.

메마른 땅에 뿌리를 박고 버티며 살아왔던 억새며 잡풀이 물을 만나자 고운 점토질의 흙을 되돌려 주었던 것이다.

그러자 빠르게 습지가 생겼고, 그것이 점점 넓게 퍼졌다.

네 개의 저수고를 가득 메우고 흘러넘친 물은 낮은 곳을 찾아 흐르며 자연스럽게 개울을 만들었다.

일 년쯤 뒤에는 강이 될 것이다. 그리고 삼 년이 지나면 죽었던 개펄도 서서히 살아나기 시작할 것이다. 그러면 조개며 게가 돌아오고, 삶이 더욱 풍성해진다.

물길을 찾아 풍령산 골짜기를 파헤치는 동안 기대하지 않았던 수확도 있었다. 몇 군데의 광맥을 발견한 것이다.

질 좋은 철광과 동광, 주석광이 하나씩 발견되었다.

풍령산은 보물을 감추어두고 있는 산이었던 것이다. 그것이 굳게 닫혀 있던 문을 황보강에게 활짝 열어주었다.

이듬해부터 황보강과 아국충은 더욱 힘을 내서 동쪽 벌판 끝에 성벽을 쌓기 시작했다.

광산에서 광물을 채굴할 때 나오는 돌이 무한하니 성벽 쌓는 일도 눈에 띄도록 빠르게 진척되었다.

북쪽 운달산 끝자락과 남쪽 관조산 끝자락을 성벽으로 이어서 외부세계와 완전히 단절시키는 일이 끝났을 때는 다시 일 년이 지난 무렵이었다.

그동안 세 차례 우기(雨期)를 보냈다. 그때 충분히 내린 비가 이제는 물을 더욱 풍부하게 해주었다.

관조산에 누각과 망루를 세우고 성벽을 두르는 일에는 많은 사람과 시간이 필요하다. 그리고 이제 그 일은 급한 게 아니었다. 목책을 더욱 단단히 보강하는 걸로 당분간은 충분할 것이다.

황보강의 주장대로 관조산 주위의 백응봉과 낙영봉, 일조봉, 운장봉에도 목책을 세우고 산채의 인원을 쪼개 주둔시켰다.

철과 구리, 주석 등의 원석을 정제하고 생활에 필요한 집기와 농구, 병장기를 만드는 일을 시작하면서 한편으로는 삼산평을 개간하기 시작했다. 그러자 벌써 소문이 퍼졌는지 떠났던 사람들이 하나둘 찾아오기 시작했다.

"본격적으로 개간을 하고 농사를 지으려면 수로를 남북으로 여러 개 만들어야 할 것이야."

"그래야겠지."

"저쪽 기슭에서 호명곡 아래까지 횡으로 주 수로를 내고 남북을 관통하는 작은 수로를 여러 개 내도록 해. 그건 너 혼자서도 충분히 감독해서 완성할 수 있을 거다."

"응? 그럼 당신은?"

아국충이 눈을 둥그렇게 뜨고 바라보았다. 지난 삼 년 동안의 노동으로 그의 얼굴도 구릿빛으로 변해 있었다.

관조산 정상에서 한눈에 들어오는 삼산평을 바라보며 손가락으로 구획을 그어 보였던 황보강이 밝게 웃었다.

"풍령산 서쪽은 개간하지 말고 비워둬. 제법 넓은 공간이 필요하겠지."

"아직 내 물음에 대답하지 않았다."

아국충이 옷소매를 잡고 흔들었으나 황보강은 듣지 못한 듯 제 말만 계속했다.

"거기에 마을을 만들도록 하자. 사람들이 찾아오면 그곳의 땅을 나누어 주되, 데리고 있는 식솔의 수에 따라서 많고 적음을 결정해야 해. 그러면 그 사람들이 그곳에 집을 짓고 저자를 이룰 것이다. 그런 다음에 세금을 걷어들이는데, 절대로 그들의 소득에서 이 할을 넘으면 안 된다. 하지만 소득이 많은 자에게서는 조금 더 걷어도 상관없겠지. 대신 소득이 적어서 먹고살기에도 빡빡한 자들에게는 세금을 감면해 주고 징수를 유예해 줘라."

"설마 이곳을 떠나려는 건 아니겠지?"

"주성은 이곳 관조산이 된다. 민간의 저자와는 떨어져 있는 게 좋아."

"제기랄!"

"그리고 풍령산과 운달산 봉우리들에 오 리 간격을 두고 망루를 세워라. 감시하는 자가 항상 있어야 해. 위급한 상황이라고 판단되면 깃발을 흔들어서 서로 연락한다."

"대체 그 많은 일들을 나 혼자서 어떻게 하라는 거야!"

"호장충과 귀호대가 도와줄 것이다. 그리고 육풍은 뛰어난 사람이다. 그런 자를 고작 산채의 살림이나 맡아서 하는 집사로 부리는 건 옳지 않아. 내가 없는 동안 그를 책사로 삼아서 크고 작은 일을 일일이 상의해서 하도록 해. 그러면 실수가 없을 거다."

"이런, 이런. 정말 떠나려는 거구나! 그렇게는 안 돼!"

놀란 아국충이 황보강의 어깨를 꽉 붙잡았다.

"내가 가긴 어딜 가겠어? 나는 이미 이곳을 내 근거지로 삼았다. 여기를 발판으로 큰 뜻을 펼쳐 보려고 하는데 떠나다니?"

"아니었어? 그럼 대체 조금 전의 그 말은 뭐냐?"

"데려올 사람들이 있다. 그들이 합세한다면 우리의 힘은 지금보다 몇 배나 커질 거야."

"그들이 어디에 있는데?"

"대황국 서쪽 사막과 초원."

"뭐라고? 거기까지 가겠단 말인가? 당신 혼자서?"

"떼 지어 다니면 사람들의 눈길을 끌지 않겠어? 혼자가 편하지."

"위험해서 안 돼. 사방에 온통 흉악한 자들이 득실거린다. 금성 밖은 치안도 엉망일 것이다. 지방에서는 제후들이 저마다 욕심을 부리고 서로 싸우는 형편이야. 크고 작은 전쟁이 끊이지 않고 일어나지. 그런데 혼자서 그런 세상을 떠돌겠다니. 허락할 수 없다."

"하하, 내가 악당 중의 악당들만 모아놓은 귀호대의 우두머리였다는 걸 잊었나? 흉악한 자들은 조금도 겁나지 않는다. 게다가 그렇게 혼란한 세상이라면 더욱 잘된 일이지. 얻을 수 있는 게 많을 거야."

"정말 갈 작정이구나?"

"길면 삼 년, 짧으면 일 년 안에 돌아오겠다. 어쩌면 그보다 빨리 올 수도 있겠지. 그 안에 내가 말한 것들을 모두 해놓고 있어야 해. 그렇지 않으면 돌아와서 화를 내겠다."

"으음."

아국충이 시무룩해져서 탄식했다.

"귀호대는 용맹해서 죽음을 두려워하지 않는다. 하지만 제대로 된 병사들이 아니지. 그들을 잘 훈련시켜 둬. 그러면 백 명이 천 명의 역할을 충분히 해낼 것이다."

"알고 있어."

"철과 황동이 많이 만들어지면 조금씩 내가서 말로 바꿔와. 많을수록 좋지만 한 번에 오십 필을 넘기면 안 된다. 적어도 두 달 간격을 두고 사오도록 해. 그래야 의심을 사지 않는다. 식량이나 옷감 등도 마찬가지야. 지금은 우리를 깊이 감추고 있어야 할 때다. 이 말을 잊지 마라."

"외지인들이 들락거리기 시작할 텐데? 그러면 그 속에 첩자가 숨어올지도 모른다."

"하하, 그럴 때는 본색을 드러내는 거야. 산적 아닌가. 가끔씩은 부유해 보이는 외지의 상단을 털어도 좋겠지."

"맞아. 아직은 흉악한 산적이지. 하하하!"

사흘 동안 모두 일손을 놓고 술과 고기로 잔치를 벌였다. 황보강을 위한 송별연을 베푼 것이다.

황보강은 아국충에게 다시 한 번 관조산 정상에서 했던 말들을 되새겨 주었고, 산채의 두령 중 한 명이 된 호장충과 소두령이 된 다섯 분대장들에게도 아국충의 명에 복종하도록 단단히 일러두었다.

그런 다음에 장소삼과 채화량 두 두령에게 간곡한 말로 부하들을 사랑할 것과 경거망동하지 말 것을 충고해 주었으며, 육풍을 따로 불러 아국충에게 했던 말들을 낱낱이 들려주고 이것저것 당부를 했다.

"걱정하지 마십시오. 대두령은 마음이 넓고 생각이 깊은 사람입니다. 그를 보좌해서 반드시 황보 대장이 돌아올 때까지 말씀하신 모든 일들이 진행되도록 하겠습니다. 지금은 우리 모두 황보 대장에게 희망을 걸고 있으니 부디 몸조심하시고, 아무 일 없이 돌아오시기 바랍니다."

육풍이 황보강의 손을 잡고 진심으로 그렇게 말했다.

황보강은 더욱 마음이 놓였다.

아국충과 육풍이 서로 힘과 지혜를 모은다면 제가 당부한 것보다 더한 일이라도 능히 해낼 것이라는 믿음이 들었다.

사흘 뒤, 황보강은 일체의 배웅을 뿌리치고 홀로 터벅터벅 걸어서 삼산평을 떠났다.

아국충과 두령들은 관조산 꼭대기에 서서 점점 작아지는 그의 모습을 바라보며 마음속으로 간절히 무운을 빌어주었다.

第七章

또 하나의 운명

1 손님

함박눈이 사흘째 계속 내리더니 비로소 그쳤다.

보이는 세상이 온통 흰 눈에 덮여 하얗게 가라앉았다.

하늘은 여전히 잔뜩 흐려진 채 낮게 내려앉아 있었지만 대기는 청량하고 바람이 따뜻했다. 봄이 머지않은 것이다.

고요한 그 세상은 마치 꿈속의 나른함을 보여주는 것 같았다. 산짐승도 들짐승도 오가지 않고, 새 한 마리 날지 않는다.

흰 하늘과 흰 땅.

간간이 불어가는 바람에 나뭇가지에 쌓여 있던 눈덩이 떨어지는 소리가 뚝, 뚝 하고 들려올 뿐 적막하기 짝이 없는 오후였다.

살아 있는 것들은 모두 숨어버린 것 같은 그 적막한 세상에 나귀 방울 소리가 짤랑거렸다.

인적이 끊어져 텅 빈 듯 적막한 가화촌의 돌담 골목을 빠져나와 느릿느릿 흰 눈밭을 가로질러 도유강으로 향하는 나귀 한 마리.

그것의 등에는 도롱이를 두르고 삿갓을 쓴 흰옷의 선비가 앉아 있었다.

나귀는 주인을 제 등에 태우고 있다는 걸 잊은 것 같았다. 눈밭을 건너다가 멈추어 서더니 발로 땅을 긁어 눈을 파내고 풀뿌리를 씹어댄다.

아직 추운 겨울이지만 언 땅 아래의 풀뿌리에는 봄의 생기가 조금씩 고이고 있었다. 그래서 더 향기롭고 맛있는지 나귀는 가다 서기를 반복하고 있었다.

그놈의 등에 앉아 있는 사람은 나귀가 하는 대로 맡겨두고 있을 뿐 조금도 재촉하지 않았다. 조는지도 모른다.

이러다가는 해가 지도록 눈밭을 건너지 못할 것 같지만 시간이 흐르는 것에는 나귀도 사람도 무심하기만 했다.

저 위의 하얀 언덕, 도유강에서 거문고 타는 소리가 은은히 들려오기 시작했다.

해찰을 부리던 나귀가 귀를 쫑긋거리더니 비로소 다시 눈밭을 건넜다. 고개를 끄덕거릴 때마다 짤랑거리는 방울 소리가 은은히 울려 퍼졌는데 마치 거문고 곡조에 장단을 맞추는 것 같았다.

언덕 위 정자에 흰옷을 입은 한 사람이 앉아 거문고를 타고 있었다.

이제는 도유강의 한 부분이 된 것처럼 오래전부터 홀로 이곳을 지키고 있는 사람, 황보숭이다.

젖먹이 황보강을 품에 안고 이곳에 찾아왔을 때는 삼십대의 말없는 사내였는데 지금은 머리카락이 온통 희어져 눈을 인 것처럼 되어 있었다.

주름살이 얼굴을 덮었고 피부는 탄력을 잃었지만 그윽한 풍모는 더욱 아름답고 고귀해졌다.

나귀가 방울 소리를 짤랑거리며 도유강으로 올라왔다.

그것의 등에 앉아 있던 사람이 나귀에서 내려와 도롱이와 삿갓을 벗어놓고 정자를 바라보았다.

삼십대 중반쯤의 깨끗한 얼굴을 가진 서생이었다. 청수하고 은은한 분위기가 서생의 얼굴을 빛나게 해주었다.

"그간 평안하셨는지요?"

서생이 공손히 손을 모으고 허리를 숙였다.

시동이 따라주는 차의 향기가 차가운 대기 속으로 퍼져 나갔다.

온 세상이 흰데 찻잔에 담기는 엷은 녹황색의 찻물이 맑으니 추위를 잠시 잊을 만했다.

지그시 눈을 감고 차 맛을 음미하던 서생이 그윽한 눈으로 황보숭을 바라보았다. 한없는 존경의 염이 절로 우러나는 눈길이었지만 황보숭은 무심하기만 했다.

"세상을 바른 길로 이끄셔야 하지 않겠습니까?"

서생이 조심스럽게 말을 꺼냈을 때에야 황보숭이 그를 바라보았다. 여전히 무심한 눈길이다.

"자네 같은 사람이 있으니 머지않아 세상은 절로 제 길을 찾게 될 걸세."

"감당할 수 없습니다."

서생이 깜짝 놀라 두 손을 단정히 모으고 머리를 조아렸다.

황보숭의 입가에 엷은 웃음이 번졌다.

"자네는 충분히 그럴 만한 능력이 있는 사람일세. 굳이 나를 찾을 필요가 없지."

"소생은 천둥벌거숭이와 같을 뿐입니다. 미풍에도 놀라 움츠리고 두리번거리는 풀잎 같은 존재일 뿐인데 감히 선생님에게서 그런 말을 들을 자격이나 있겠습니까?"

"겸손이 지나치면 오만이 되는 걸세."

"황송합니다."

서생이 다시 머리를 조아렸다.

그의 이름은 조사경(曺思敬)이라고 한다. 도유강에서 일백리 떨어진 송악현(松樂縣) 조가촌(曺可村) 태생인데, 자를 휘경(輝敬), 호를 담명(澹明)이라고 했다.

어려서부터 신동으로 이름이 높았고, 자라면서 점점 학식과 지혜가 빛을 발했지만 벼슬에는 조금도 뜻을 두지 않았다.

초야에 묻혀 고요히 사색을 하고 글을 읽으며 유유자적하게 세상을 관조할 뿐이었던 것이다.

그런 그가 나이 서른에 세상에 나온 것은 청오랑국이 망하고 나서였다.

삼 년이 지나 혼란이 가라앉고 대황국의 포악도 잠잠해져 갈 무렵 그는 제 발로 금성에 찾아갔다.

대황국의 황제 사량격발은 청오랑국을 속국으로 삼고 평소 총애하던 모아합(毛牙合)을 번왕(藩王)으로 봉해 그곳으로 보냈다.

대황국제일의 맹장으로서 초원의 질풍신으로 불리던 그가 드디어 왕의 칭호를 갖게 된 것이다.

모아합은 자신의 군단인 적운기(赤雲旗) 이십만의 대병을 이끌고 부임해 와 청오랑국을 다스리기 시작했다.

그리고 삼 년.

그는 강력한 힘과 과단성으로 청오랑국의 혼란을 잠재우

고 질서를 새롭게 세웠으며 나라의 이름도 소황국(小黃國)으로 바꾸었다.

불과 삼 년 만에 넓은 청오랑국의 영토를 완전히 장악하고 대황국의 사량격발에게 충성하는 번국으로서 재탄생시킨 것이다.

모아합은 널리 인재를 구한다는 자신의 조서를 보고 찾아온 조사경의 재능을 한눈에 알아보았다.

아끼는 마음이 생겨 첫 대면한 자리에서 선뜻 공경대부의 직위를 주니 세상이 모두 깜짝 놀랐다. 그때부터 조사경은 모아합을 곁에서 모시는 대관이 되었다.

조사경이 제 발로 모아합의 궁이 된 금성에 찾아가 그에게 머리를 조아리자 사람들은 모두 그를 손가락질했다.

그러나 조사경에게는 굳은 뜻이 있었다.

나라가 평화로울 때는 덕을 세울 필요가 없으나 나라가 망한 이때야말로 무엇보다 덕을 세울 필요가 있고, 그 일을 제가 해야 한다는 것이었다.

궁성에 들어온 날부터 조사경은 모아합에게 충심으로 간하여 나라에 덕을 베풀게 하도록 힘썼다.

그 조사경이 지금은 황보숭을 원하고 있었다.

그의 덕이 자신과는 비교할 수 없이 높다는 걸 알았기 때문이다.

황보숭 같은 사람이 모아합을 바로 이끈다면 나라는 청오랑국 시절에 누렸던 평화와 번영을 다시 누릴 수 있을 것이고, 백성들은 배를 두드리며 태평가를 부를 수 있을 것이라는 믿음이 컸다.

그러나 황보숭의 마음을 알 수 없었다.

벌써 다섯 차례나 도유강에 찾아와 설득하고 간곡하게 부탁했건만 황보숭으로부터 아무 말도 들을 수 없었던 것이다.

그날도 조사경은 따뜻한 차를 마시고 이런저런 한담과 글 이야기를 나누고 도에 대하여 몇 가지 질문을 했을 뿐 황보숭의 마음을 얻지 못하고 돌아갔다.

그로부터 닷새 뒤, 완연한 봄을 느끼게 해주는 맑고 따뜻한 날 오후였다.

기분이 상쾌해진 모아합은 시위 무관들을 떼어놓은 채 궁인들을 거느리고 금성 후원의 민락원(民樂園)으로 산책을 나갔다.

그리고 그곳에서 조사경을 만났다.

"경이 이곳에 어인 일인가?"

그가 의아하여 묻자 조사경이 몸을 일으켰다.

"왕께 간할 말이 있어 이처럼 기다리고 있었습니다."

그는 얼음이 둥둥 떠다니고 있는 연못가의 차가운 돌 위에 앉아 있었는데 얇은 홑옷 차림이었다.

그런 옷차림으로 얼마나 그곳에 있었던 것인지 잘생긴 얼굴이 새파랗게 얼었고, 추위에 온몸을 바들바들 떨고 있어서 애처로웠다.

봄기운이 다가오고 있다지만 아직 홑옷으로 다니기에는 추운 날씨인 것이다.

모아합이 혀를 차며 제 발 아래 엎드린 조사경을 내려다보았다.

"다른 사람이 보았다면 미쳤다고 할 것이다. 아직 바람이 찬데 홑옷을 입고 궁상을 떨고 있다니? 쯧쯧, 몸이라도 상하면 어쩌려고 그러느냐?"

모아합이 선뜻 제가 걸치고 있던 모피 장삼을 벗어 조사경의 몸을 덮어주었다.

궁인들이 모두 놀라 그런 모아합과 조사경을 바라보았다.

모아합이 조사경을 저렇게 믿고 사랑하는구나, 하는 걸 새삼 깨닫고 숙연해진다.

조사경이 차가운 땅에 이마를 댄 채 말했다.

"왕께서 겉옷을 벗어 신을 덮어주신 건 신을 불쌍히 여기셔서입니까?"

"경은 나의 대신이 아닌가. 나는 경의 지혜에 의지하는 바가 큰데 어찌 병이 들도록 놓아둘 수 있겠느냐?"

"하오면 신의 지혜를 사랑하시어 은덕을 베푸신 거로군요?"

"그렇다."

"신을 위해서 이처럼 몸소 추위를 감당하면서 겉옷을 벗어 덮어주시니 왕께서는 너그럽고 대범하시며 과연 인재를 사랑하는 성군이십니다."

모아합이 어리둥절한 얼굴을 했다.

평소 입바른 말을 할 뿐 아첨의 말이라고는 한마디도 내뱉지 않던 조사경의 입에서 나온 말이라고 믿을 수 없었기 때문이다.

물끄러미 조사경을 내려다보던 모아합이 빙긋 웃었다.

"나에게 할 말이 있는 게로구나?"

조사경이 번쩍 고개를 들었다. 모아합을 뜨거운 눈으로 바라보며 카랑카랑하게 말한다.

"미욱한 소신이 아니라 왕께서 다스리는 나라와 백성들을 위해서 왕은 겉옷을 벗어 덮어줄 수 있으십니까? 왕께서 한 번 몸을 굽히신다면 나라가 건강해지고 백성들이 따뜻해질 것입니다."

2 번왕(藩王) 모아합(毛牙合)

봄이 소리없이 다가왔다.

겨울이 가고 봄이 오는 게 수만 년 변함없는 자연의 순리일 뿐이라 아무도 그것을 이상하게 여기지 않는다.

그러나 이제는 소황국이 된 과거 청오랑국의 백성들은 모두 그해 봄을 기이하게 여기며 놀랐다.

나무들마다 새순이 움터 오르기 시작한 이월 열사흘 날에 번왕 모아합의 수레가 수많은 대신과 근위병들의 행렬을 거느리고 변방의 초라한 산골 마을로 향했기 때문이다.

황번현이 발칵 뒤집혔다.

옛적, 청오랑국 시절에는 황제의 사자가 세 차례나 궁벽한 현성의 더 궁벽한 마을 가화촌으로 행차하더니 번국이 되자 왕이 몸소 수많은 대신들을 이끌고 다시 그곳으로 찾아왔기 때문이다.

모아합이 세상을 놀라게 하며 몸소 행차한 건 가화촌에서 꿈쩍하지 않고 있는 한 사람, 황보숭을 만나기 위해서였다.

일찍 핀 매화가 눈처럼 떨어지던 그날 오후에 모아합을 태운 호사스런 수레가 가화촌에 들어섰다.

촌민들이 모두 두려워 떨며 얼음이 녹아 질척거리는 땅바닥에 엎드렸다.

사납기로 오래전부터 정평이 나 있는 적운기 내에서도 가리고 가려서 뽑은 왕의 근위병들이 갑주를 쩔렁이며 가화촌을 뒤덮었다.

번쩍이는 창검과 말들이 투레질하는 소리로 온 세상이 떠들썩해진다.

"조용히."

아직 수레에서 내리기 전, 모아합이 낮게 말했다.

병사들이 즉시 갑주를 풀어 땅에 내려놓고 창검을 감추었으며 말의 입에는 재갈을 물렸다.

온 세상이 순식간에 적막해진다.

천천히 수레에서 내린 모아합은 평복 차림이었다.

화려한 금장 겉옷과 관을 벗고 수수한 마의에 낡은 사슴 가죽신을 신었으니 어디에도 왕의 위풍당당함은 없었다.

모든 대신과 병사들을 기다리게 한 모아합이 다섯 명의 수종을 뒤따르게 하고 천천히 질퍽거리는 땅에 발을 빠뜨리며 걸었다.

모아합의 바로 뒤에서 따르고 있는 조사경은 감히 숨도 크게 쉬지 못했다. 두 손을 공손히 모으고 고개를 숙인 채 따를 뿐인데, 왕이 딛고 간 발자국도 밟지 않았다.

그렇게 왕과 조사경이 밭을 가로질러 갈 때 거문고 줄 튕기는 소리가 은은하게 들려왔다.

그 소리에 매화나무들이 깜짝 놀란 듯 흰 꽃잎을 마구 흩뿌렸다.

띵—

다시 한 번 줄 튕기는 소리가 나더니 학의 울음처럼 맑고 깊은 노랫소리가 들려왔다.

북소리 둥둥 울리고 뿔피리 소리 가득할 때
삼십만 대군이 성을 나섰네.
넓고 거친 초원과 황토 벌판을 건너 긴 강가에 진을 쳤지.

하늘이 붉게 물든 그날.
해도 달도 천공에 못 박혀 있던 그날.
나 홀로 부러진 창에 의지해 핏빛 강을 건넜다네.

고향 가는 길을 찾아
승냥이 무리 어슬렁거리는 어둠 속을 이리저리 헤매었지.
남쪽으로 가고자 하나 구천에는 동서남북이 없다 하니
갈 곳을 몰라 그저 발길 닿는 대로 떠도네.

장한가(長恨歌)였다.

황보숭이 부르는 노래라는 걸 이제는 모르는 사람이 없었다. 가화촌의 어린아이들도 그 노래를 따라 부른다.

그 노래를 들은 모아합이 우뚝 걸음을 멈추었다.

귀를 기울여 노랫소리를 듣는 동안 점점 얼굴이 일그러지더니 끝내 화가 난 사람처럼 굳어졌다.

"왜 그러십니까?"

그것을 본 조사경이 근심하며 물었다.

"그의 이름이 뭐라고 했지?"

"황보 성에 숭입니다."

"흥, 황보숭이라고?"

모아합의 얼굴이 더욱 일그러지고 낯빛마저 시커멓게 변했다.

"돌아가자!"

잔뜩 화난 것처럼 말하고 그대로 몸을 돌이킨다.

그를 따라왔던 시종들이 어리둥절하여 바라보았고, 조사경은 당황하여 어쩔 줄을 몰랐다.

모아합의 심기는 그 어느 때보다 불편한 것 같았다.

잔뜩 심통이 난 아이처럼 씩씩거리며 질펵거리는 땅을 아랑곳하지 않고 함부로 걸어 수레로 돌아갔다.

그의 채근을 받은 수레가 급히 움직였다. 여섯 필의 말이 일제히 발굽을 놓아 내달렸고, 마부의 채찍 소리가 쉬지 않고 들려왔다.

호위기병들이 수레를 에워싼 채 거칠게 달려가니 마치 전장을 질주해 가는 것 같았다.

그것을 본 사람들이 모두 어리둥절해서 입만 딱 벌렸다.

그처럼 위의를 갖추어 찾아오더니 도유강에는 올라가지도 않고 달아나듯이 가버리는 번왕의 심중을 알 수가 없었던 것이다.

그건 번왕 모아합의 지혜 주머니라는 조사경 역시 마찬가지였다.

궁에 돌아온 즉시 그가 번왕에게 나아가 머리를 조아렸다.

"혹시 소신이 잘못한 일이라도 있는지요? 그렇다면 소신을 벌하소서."

모아합이 높은 보좌 위에서 심드렁하게 조사경을 내려다보며 고개를 외로 꼬았다.

"너는 잘못한 게 없다."

"하오면 어찌 된 일인지 그 까닭을 소신이 알 수 있겠습니까?"

"알 것 없다."

"예?"

아직까지 이런 일은 없었다.

모아합이 거칠고 용맹한 장수라는 거야 천하가 다 아는 일이지만 번왕이 되고 나서는 문사들의 간언에 귀를 기울였다.

전장에서 병사들을 통솔하는 것과 영토를 다스리는 것과는 많은 차이가 있게 마련이다.

모아합은 거친 장수의 틀을 깨고 후덕한 군왕으로 거듭나려는 노력을 기울였다. 그걸 알기에 조사경은 옛 청오랑국의 백성들을 위해 다행스런 일이라고 안심하지 않았던가.

제가 오랜 칩거를 깨고 모아합을 섬기기로 한 결정이 옳았다는 자부심을 갖기도 했다.

그런데 이번 일은 도대체 영문을 알 수 없었다.

왕이 다시 대황국의 상장군이던 그때의 고집스럽고 완고한 무장으로 돌아간 것 같기만 했다.

모아합이 다시 말했다.

"그자의 성이 황보라고 했지? 흥, 나는 그자를 안다. 그자의 성은 결코 황보가 아니다."

"헛?"

조사경이 헛바람을 삼켰다. 모아합이 더욱 냉랭하게 코웃음을 쳤다.

"흥, 그 노래를 내가 모를 줄 아느냐? 이 세상에서 그 노래의 의미를 아는 사람은 그와 나뿐일 것이다."

"그럼… 왕께서는 그를 알고 계셨습니까?"

"그가 도유강에 숨어 있다는 걸 몰랐을 뿐이지."

"그의 성이 황보 씨가 아니라 하심은……."

"알 것 없다."

모아합이 냉정하게 말했다.

머리를 조아리면서 조사경은 모아합에게 무언가 말 못할 사정이 있다는 걸 알았다.

그의 말이 맞는다면 황보숭은 여태까지 이름을 바꾸고 살아왔던 것이다. 대체 무슨 일인지 더욱 궁금해졌다.

"내가 왜 진작 그 생각을 하지 못했던 건지……."

모아합이 탄식했다.

"무슨 말씀이신지 소신은 조금도 짐작을 하지 못하겠습니다."

"악연이 이처럼 끈질긴 것인 줄 진작 알았다면 그때 모든 걸 끝내 버렸을 텐데……."

모아합의 어조에 회한이 묻어났다.

조사경은 '그때' 라는 게 바로 그가 황보숭과 악연을 맺게 되었던 그날, 그 순간을 의미한다는 걸 알았다.

"악연이라 하심은……."

"오래전의 일이다. 대황국이 아직 초원의 작은 나라에 지나지 않을 때의 일이니 벌써 삼십 년도 더 지났지."

"하오면 그때에 이미 왕께서는 황보숭과 알고 지내셨단 말입니까?"

삼십 년 전이라면 모아합이 서른 살 무렵의 청년 장수로서 초원에 막 무명을 떨치기 시작하던 때일 것이다.

모아합이 신경질적으로 손을 내저었다.

"그만 물러가라. 다 귀찮다."

조사경은 허망한 심정으로 머리를 조아렸다.

뒷걸음으로 물러가면서 그는 모아합의 면전에서 더 이상 황보숭의 이름을 거론할 수 없다는 걸 알았다. 그를 왕사(王師)로 초빙해 오려던 계획이 물거품이 된 것이다.

올 때 빈 몸으로 왔으니 갈 때도 그래야 할 것이다.

황보숭은 뒤돌아보지 않았다.

지난 삼십여 년간 공들여 가꾸어온 복숭아나무들이 수많은 꽃망울을 터뜨리기 시작하고 있었다.

며칠 뒤에는 언덕을 온통 분홍빛 구름으로 뒤덮으리라.

그 모습이 장관이라서 이름없던 언덕마저 도유강(桃柔崗)이라고 부르게 되지 않았던가.

거기 청오랑국의 황제가 명하여 지어준 커다란 집이 있고 많은 재물이 쌓여 있었다.

그러나 그곳을 떠나는 황보숭은 입고 있던 옷에 거문고를 안고 작은 보퉁이 하나를 나귀 등에 실었을 뿐이다.

지성으로 그를 섬기던 시동이 언덕에 서서 하염없이 바라보건만 돌아보지 않았다.

나귀 등에 걸터앉아 짤랑거리는 방울 소리를 들으며 한가롭게 떠나간다.

파릇파릇 새 풀이 돋아나 연초록의 융단을 깔아놓은 것 같은 밭을 옆에 두고 마른 길을 타박타박 걸어가는 나귀는 한가로웠고, 그 등에 앉아 흔들리고 있는 황보숭은 그보다 더욱 한가로워 보였다.

그렇게 떠나가는 그를 본 가화촌의 사람들이 모두 나와서 머리를 숙이고 섰다.

그가 이제는 영영 돌아오지 않으리라는 걸 알기에 오히려 아무 말도 하지 못했다.

그건 황보숭도 마찬가지였다.

마을을 벗어날 때까지 그는 지그시 눈을 감고 나귀 등에서 흔들리고 있을 뿐 낯익은 사람들을 돌아보지 않았다.

이제는 마을이 등 뒤 멀리에 있었다.

저 모퉁이를 돌아서면 영영 보이지 않게 될 것이다.

황보숭이 비로소 나귀를 멈추게 하고 내렸다.

마을을 향해 돌아서더니 두 손을 공손히 모으고 깊숙이 허리를 숙였다.

자신을 받아주었고 따뜻한 정을 나누어 주었으며 그동안 편히 거하게 해준 마을 사람들과 작고 후덕한 마을, 가화촌에게 작별 인사를 하는 것이다.

진심으로 그들과 마을의 안녕을 비는 것이다.

다시 나귀 등에 올라앉은 그가 드디어 모퉁이를 느릿느릿 돌아갔다. 그건 마치 다른 세상으로 향하는 문을 열고 들어가는 것 같았다.

그리고 그 문을 들어서자마자 한 사람을 만났다.

저만치에서 말을 타고 오던 사람이 황보숭을 보자 깜짝 놀라더니 급히 달려왔다.

조사경이었다.

"아니, 선생님. 어디로 가십니까?"

황보숭이 무심한 얼굴로 무심하게 말했다.

"이곳에서의 인연이 다했으니 다른 인연을 찾아간다네."

급히 말에서 내려온 조사경이 두 팔을 활짝 벌리고 앞을 막아섰다.

"저와의 인연도 이렇게 끝내시는 겁니까?"

"사람과 사람 사이의 인연이라는 게 어디 그런가? 언젠가 다시 만날 날이 있을 걸세."

조사경이 울먹이며 다가와 황보숭의 손을 잡았다.

"제가 이 세상에 머물러 있을 날수가 많지 않으니 과연 살아서 다시 선생님을 뵈올 수 있을지……."

"자네는 젊은 사람이 어찌 그런 말을 하는가?"

"제가 선생님의 도를 따라가려면 아직 한참 멀었으나 죽고 사는 일에 대해서는 조금 알게 되었습니다."

황보숭이 빙긋 웃었다.

"자네는 스스로의 안락함을 버리고 세상에 나왔으니 부디 공명을 이루기 바라네."

조사경이 깊이 허리를 숙였고, 황보숭은 나귀를 몰아 천천히 그 앞을 지나갔다.

그로부터 열흘 뒤, 황보숭은 남쪽을 바라보고 떠나가고 있었다.

백발이 무성한 늙은 나이에 떠돌이가 되어 혈혈단신 넓은 천하를 정처없이 흘러가지만 누구도 그를 불쌍하게 여기지 않았다. 황보숭 자신이 늘 한가하고 고요한 모습을 지녔기 때문이다. 그러니 그를 보는 사람들마다 유복한 노인이 어디 가까운 친척 집에라도 방문하러 가는 줄 알 뿐이었다.

황창현(黃滄縣)이라고 하는 곳을 지날 때였다.

지금은 소황국이 된 옛적 청오랑국의 땅이었고, 금성에서 삼백여 리 떨어진 남쪽이었다.

날은 이제 완연히 봄날이었다.

하늘이 푸르고 산이 푸르고 그것들이 비쳐 드는 강물도 푸르기만 했다.

황창강(黃滄江)은 그 이름처럼 탁하고 누런 황토물이 흐르는 넓은 강이었지만 이 봄날에는 그것마저 깨끗하게 정화되어 푸르기만 했다.

이제 곧 저 먼 북서쪽 사막에서 불어오는 모래바람이 온 하늘을 뒤덮을 것이고, 흙비도 쏟아질 것이다.

그것들을 뒤따라오는 봄철의 우기를 한차례 겪고 나면 황창강에는 누런 흙탕물이 가을까지 콸콸 흘러간다. 그러다가 겨울이 되면 잠잠해지기 시작해서 봄과 함께 다시 맑은 본래의 빛깔을 되찾는 것이다.

그것이 자연이고 인생이다.

푸른 강가의 풀밭에 앉아서 황보숭은 하염없이 강을 바라보며 그런 생각에 잠겨 있었다.

버드나무 늘어선 강 언덕 위에서 목동의 풀피리 소리가 아련하게 들려오고, 느릿느릿 강을 오가는 배들이 산그늘에 가려지고 또 그것을 벗어나오고 있었다.

한 폭의 고요한 그림 같은 그 모든 풍경이 황보숭의 가슴에 따뜻한 기쁨을 채워주었다.

그러나 그는 잘 알고 있었다.

자신의 이 고요와 평온이 결코 오래가지 못할 것임을.

3 그들의 인연

두두두두—

대지를 두드리는 말발굽 소리가 천지에 가득했다.

평화롭던 강가의 작은 마을이 놀란 사람들의 비명과 아우성으로 순식간에 아수라장이 되었다.

멀리서 땅을 은은히 흔들며 다가오던 그 엄청난 소리가 이내 수천 개의 천둥소리처럼 사방에서 쏟아져 들어왔다.

황보숭이 일어나 강둑에 우뚝 섰다.

저 멀리 뽀얀 먼지를 구름처럼 피워 올리며 수많은 철기가 달려오고 있는 게 보였다.

마을 앞의 너른 들판이 순식간에 검은 구름이 내려앉은 것처럼 철기들로 뒤덮였고, 좌우의 낮은 산비탈에도 줄지어 달려 올라가는 기병들이 보였다.

말들의 울음소리가 요란하고 전차의 바퀴 소리가 우렛소리처럼 다가왔다.

집을 버리고 뛰어나온 사람들이 모두 강둑으로 도망쳐 올라왔다.

철기들이 벌판을 가득 메우고 진군을 멈추었다.

적어도 일만은 되어 보이는 중무장한 기병 군단이다.

좌우의 낮은 산에도 어느덧 철기들이 올라가 벌판과 마을을 내려다보며 돌격의 명령이 내리기를 기다리고 있었다.

뒤에 강을 두고 앞에 너른 벌판을 마당 삼아 있던 어촌은 이제 철기의 파도 앞에 고립된 섬이 되었다.

숲처럼 빽빽한 깃발들이 사납게 펄럭이는 곳에서 수십 대의 전차가 달려나왔다.

두 필의 전마가 끄는 전차마다 번쩍이는 창을 세워 든 병사들이 네 명씩 타고 있었다.

그것들이 철기 군단의 최선봉에 포진하고 나자 갑작스런 적막이 밀려들었다.

깃발 펄럭이는 소리만 파도 소리처럼 들릴 뿐, 말도 사람들도 무겁게 침묵했다.

적진을 향해 돌격해 들어가기 직전의 적막이다.

저 철기 군단에게는 이 작은 마을이 마치 반드시 점령하고 무너뜨려야 할 단단한 성이라도 되는 것처럼 보이는 것 같았다.

강둑으로 도망쳐 올라온 사람들은 겁에 질려 벌판을 바라보았다. 생전 처음 보는 무서운 광경에 어찌할 줄을 모른다.

자식은 늙은 부모를 부축하고 서서 두려움에 떨었고, 어미는 아이들을 끌어안고 주저앉아 넋을 잃었다.

다들 갑자기 벌어진 일에 울음을 터뜨릴 정신마저 잃은 채 사색이 되어 떨 뿐이다.

대체 왜 이런 일이 벌어진 건지 이해할 수 없으니 더욱 두려우리라.

빽빽한 깃발의 숲을 헤치고 화려한 수레 한 대가 달려나왔다.

십여 기의 호위기병과 함께 벌판을 건너온 그것이 강둑이 빤히 보이는 곳에 멈추었다.

수레를 본 황보숭이 한숨을 쉬었다.

번왕 모아합의 깃발이 펄럭이고 있었던 것이다.

그가 무엇을 원하는지 잘 안다.

황보숭이 천천히 강둑을 내려가기 시작했다. 그러자 화려하게 수놓은 치마저고리를 입은 두 명의 시비가 수레에서 내려 허리를 굽히고 섰다. 이어서 왕의 옷을 입고 관을 쓴 모아합이 나왔다.

관록이 배어 있는 거만한 몸짓이다.

시비들이 신속하게 접이 탁자를 가져와 펴고 두 개의 의자를 놓았다.

이어서 탁자 위에 비단 보를 펴고 몇 가지 음식과 술이 담긴 병과 잔을 내왔다. 투명한 옥을 깎아 정교한 문양을 넣어 만든 것이 여간한 귀물이 아니다.

준비를 마친 시비들이 좌우에서 커다란 일산(日傘)을 펼쳐 햇빛을 가렸고, 수레 곁에 말을 세워놓은 열 명의 무사는 칼자루에 손을 올려놓은 채 모아합 뒤에 시립해 섰다.

모아합은 의자에 앉아 다가오고 있는 황보숭을 탁자 너머로 물끄러미 바라보고 있었다.

점점 가까워지고, 그의 얼굴이 확연히 보이게 되자 가볍게 한숨을 쉰다.

만감이 교차하는 듯 얼굴빛이 수시로 변했다.

지겨울 만큼 느릿느릿 다가오는 황보숭이건만 모아합은 그를 기다리는 시간이 지겨운 줄을 몰랐다.

그가 한 걸음을 내디딜 때마다 한 가지 생각을 떠올리곤 했던 것이다. 그래서 때로는 미소를 짓다가 때로는 우울해지고 때로는 화난 표정이 되었다.

모아합은 말이 없고 그의 호위무사들도 그랬다. 표정없이 황보숭을 바라볼 뿐이다.

일만 기의 철갑 기병이 포진하고 있는 벌판이 깊은 물속처럼 적막해졌다.

바람마저도 놀라 멎은 듯 풀잎 하나 움직이지 않았다.

드디어 황보숭이 탁자 앞에 다가왔다.

모아합이 벌떡 일어나 복잡하기 짝이 없는 눈빛으로 그를 바라보았다.

강둑에서 그 광경을 바라보던 촌민들이 어리둥절해서 웅성거렸다. 대체 저 흰옷의 노인이 누구이기에 왕이 몸을 일으켜 그를 맞이한단 말인가.

이제 철갑기병들이 저희를 해치기 위해 오지 않았다는 걸 알았다. 그러자 왕이 오직 저 노인 한 사람을 만나기 위해서 저 많은 철기를 휘몰아 여기까지 왔다는 게 놀랍기만 했다.

믿어지지 않는다.

탁자를 사이에 두고 두 사람은 말없이 한동안 서로를 바라보기만 했다.

"앉자."

모아합이 의자를 권했다. 스스럼없이 하는 말이 공대도 아니고 하대도 아니라 지기에게 하듯 하는 평대였다.

고개를 끄덕인 황보숭이 거리낌없이 의자에 앉았다.

아직 왕이 앉기도 전인데 그렇게 했으니 무례한 행동이다.

모아합의 호위무사들이 은은한 노여움을 띠고 노려보지만 황보숭은 태연했고, 모아합도 마치 그게 당연하다는 듯 받아들였다.

두 사람은 다시 말없이 서로를 바라보기만 했다.

그러나 영영 끝나지 않을 것 같은 침묵 속에서 그들은 그 어느 때보다 많은 말을 나누고 있었다.

한숨을 쉰 모아합이 술병을 들어 황보숭의 잔에 맑은 호박빛 술을 따랐다.

향기로운 주향이 봄볕 따뜻한 허공에 은은히 풍겨 나간다.

제 잔에도 술을 채운 모아합이 그것을 들어 올리더니 단숨에 비운다.

황보숭도 긴 손가락을 뻗어 술잔을 잡았다. 천천히 그것을 비우고 내려놓자 모아합이 다시 술을 따라주었다.

왕이 친히 따라주는 술을 받을 수 있는 사람이 몇이나 될 것인가.

이제 그의 뒤에 호위하고 서 있는 무사들의 눈에는 말할 수 없는 공경의 기운이 가득했다. 그런 눈으로 황보숭을 바라본다.

대체 처음 보는 저 노인에게 어떠한 내력이 있기에 왕이 이렇게까지 대하는 건지 궁금하지만 물어볼 수가 없다.

석 잔의 술을 말없이 마신 두 사람은 다시 서로를 바라보며 침묵을 지켰다.

그리고 이번에도 먼저 말을 꺼낸 건 모아합이었다.

"가려느냐?"

황보숭은 고개만 끄덕였다.

"그때 너는 대단했지. 세상이 온통 너의 이름으로 뒤덮였다. 하지만 지금은 초라한 방랑자가 되어 내 땅을 떠나려고 하는구나?"

빈정거림이 섞여 있는 말에 황보숭이 빙그레 웃고 맑은 눈으로 지그시 바라보며 처음으로 입을 열었다.

"그래서 너는 지금 행복한가? 평온한가?"

"으음—"

모아합이 눈살을 찌푸렸다.

그의 등 뒤에는 호랑이도 두려워하지 않는 열 명의 용사가 칼자루를 쥔 채 서 있고, 벌판 저쪽에서는 일만 명의 철갑 기병들이 명령을 기다리고 있다.

사막과 초원을 질풍처럼 내닫던 그의 적운기에 속한 정예 기병들인 것이다.

그것을 알련만 황보숭은 담담하기만 했고, 감히 왕인 저에게 평대를 하고 있어도 모아합은 조금도 노여워하지 않았다.

황보숭 앞에서 모아합은 저의 당당한 위풍과 위세를 자랑하고 싶었던 건지도 모른다.

아니면 최대한의 예우를 베풀어 전송하려는 것이리라.

어느 쪽이든 금성을 나와 쉬지 않고 삼백여 리를 달려온 것이니 그 정성이 눈물겹지 않을 수 없다.

그런 모아합 앞에서 황보숭은 아무런 감정도 드러내지 않았다.

대답을 미루고 잠시 그를 바라보던 모아합이 똑같이 물었다.

"너는 행복하냐? 평온하냐?"

황보숭이 천천히 고개를 끄덕였다. 모아합은 저를 바라보는 그의 눈이 '그 어느 때보다 더' 라고 말해주고 있다는 걸 느꼈다.

가슴속 깊은 곳에서 한 가닥 노여움과 미움이 서서히 고개를 들었다.

"그때 삼십만의 병사가 모두 죽었지. 강이 핏물로 변했고 들에는 사람과 말의 시체가 켜켜이 쌓였다."

언뜻 황보숭의 눈에 고통이 스쳐 갔다. 모아합은 그것을 놓치지 않았다. 황보숭을 뚫어져라 바라보며 노래를 읊조리듯 말한다.

"세상에서 그때의 일을 아는 사람들은 이제 거의 없다. 하지만 너와 나는 죽어도 그때의 일을 잊을 수가 없는 사람들이지. 그래서 나는 네 노래를 듣는 순간 너의 정체를 알아챌 수 있었다."

"나는 이제 잊었다."

"흥."

황보숭의 말속에 고통이 숨겨져 있다는 걸 눈치채지 못할 모아합이 아니었다.

그가 가볍게 코웃음을 치고 다시 한 잔의 술을 따라 신경질적으로 마셨다.

거칠게 탁자에 술잔을 내려놓고 이글거리는 눈으로 황보숭을 노려본다.

"잊었으면서 그런 노래를 지어 부르고 있었단 말이지? 듣자 하니 너는 매일 그 노래를 불렀다고 하더군."

그러더니 황보숭의 장한가 중 마지막 구절을 큰 소리로 불렀다.

남쪽으로 가고자 하나 구천에는 동서남북이 없다 하니
갈 곳을 몰라 그저 발길 닿는 대로 떠도네.

쉰 듯한 음성이 가락을 싣고 벌판 멀리 울려 퍼진다.

두 번이나 더 그 구절을 반복해 부르고 난 모아합이 황보숭에게 다시 말했다.

"자, 너는 이제 어디로 가려느냐? 나에게 말해봐라. 어디로 가야 그때의 기억으로부터 완벽하게 달아날 수 있지?"

황보숭은 대답하지 않았다. 고개를 숙인 채 술잔을 만지작거리기만 한다.

모아합의 질문은 바로 황보숭 자신이 저에게 늘 했던 질문이다. 그리고 그 대답을 찾기 위해 지난 삼십여 년 동안 도유강에 칩거하여 사색했지만 여전히 대답할 말을 찾지 못했다.

함부로 던져 버린 모아합의 질문에 가슴을 맞고 나자 더욱 막막했다. 답답해진다.

'나는 아직도 멀었구나.'

한탄과 한숨이 절로 나왔다.

한 병의 술이 다했고, 짧은 재회의 시간도 다했다.

모아합은 일어서는 황보숭을 붙잡지 않았다.

황보숭이 처음으로 허리를 숙여 정중하게 왕을 대하는 예를 갖추며 말했다.

"왕께서는 부디 덕을 베푸시기 바라오. 그렇게 하면 옛날의 모아합은 없어지고 율해왕만이 이 땅에 남게 될 것이오."

율해(律解)는 사량격발이 내려준 왕부의 이름이다. 그때부터 사람들은 모아합을 율해왕이라고 불렀다. 감히 왕이 된 그의 이름을 부를 수 없으니 당연한 일이다.

율해왕 모아합이 슬픈 눈으로 황보숭을 바라보았다.

그를 붙들어두고 싶었다. 언제까지나 제 곁에 있게 하고 싶었다. 함께 밥을 먹고 함께 잠을 자고 함께 놀이를 하고 싶었다.

기쁨과 슬픔을 함께하고, 할 수만 있다면 죽고 사는 것도 같이하고 싶은 마음이 간절했다.

모아합은 떠나가는 황보숭의 뒷모습을 보면서 삼십 년도 훨씬 더 지난 그날의 저와 황보숭을 머릿속에 떠올리고 있었다.

그때는 지금의 바람처럼 그렇게 늘 그와 붙어 있었다. 모든 걸 함께 나누었다.

그러나 지금 그는 외로운 방랑자의 모습이 되어 저렇게 멀어지고 있고, 자신은 위엄이 당당한 왕이 되어 한 나라를 다스리고 있다.

'그러나 승리자는 내가 아니야.'

모아합은 그렇게 생각했다.

벌판 너머로 점점 멀어지고 있는 황보숭이 승리자일지도 모른다는 생각이 들어 견디기 어려웠다.

과거 젊었을 때의 그들은 무용과 지혜를 두고 경쟁했다. 사랑을 두고 경쟁했고, 전장에서의 승리자가 되기 위해 목숨을 아끼지 않고 경쟁했던 것이다.

그리고 삼십여 년 전 그날, 풍사강(風沙江)을 가운데 둔 해골의 평원에서 승패가 갈렸다.

사량격발의 장군이 된 모아합이 초원의 연합군을 멸진시켰던 것이다.

그 싸움에서 황보숭은 패하여 생사를 모르게 되었고, 모아합은 당당히 승리하여 상장군의 인끈을 허리에 차게 되었다.

모아합은 자신의 부족이면서 나라였고, 황보숭과 함께 나고 자랐던 금사국(金沙國)을 제 손으로 멸했지만 한 번도 후회하지 않았다.

그러나 그는 지금 후회하고 있었다.

저렇게 떠나가고 있는 황보숭을 눈이 아프게 바라보면서 그와의 만남을 후회하고, 그와의 이별을 후회하고 있는 것이다.

풍사강가의 싸움을 처음으로 후회한다.

4 숨어 있는 사람들

황창강에서 남쪽으로 삼백여 리 떨어진 곳에 금모산(金母山)이 있다.

삼천 리에 걸쳐 대륙의 북쪽을 병풍처럼 두르고 있는 천랑산맥(天廊山脈)의 서쪽 끝이기도 하다.

늘 흰 눈을 이고 솟아 있는 금모산은 다시 수백 개의 봉우리와 수천 개의 능선을 거느리고 작은 산맥을 이루며 구불구불 끝없이 뻗어나갔다.

그 금모산 서쪽 자락이 닿는 드넓은 땅은 천호대공(天護大公) 아율장(我律藏)의 영토였다.

대황국의 사량격발로부터 후작의 작위를 받고 조상 대대로 다스려 오던 그 땅에 대한 영주로서의 소유권을 인정받은 것이다.

그의 거처인 천호성은 창미산(槍尾山) 아래에 있었다.

커다란 바위 봉우리를 온통 감싸듯이 성벽을 두르고 화살이 닿을 만한 거리마다 망루를 세웠다.

네 개의 큰 문과 여덟 개의 작은 문이 있어서 사통팔달, 어디로든 통할 수 있게 했으며, 성 밖 높은 언덕마다 관을 세워 침입자를 방비했다.

천호성이 그처럼 왕성 못지않게 규모가 크고 요새화된 것은 몇 년 전이었다.

청오랑국이 망하자 천호대공 아율장이 서둘러 성을 증축하고 장정들을 불러 모아 병사로 삼은 것이다.

들리는 소문에는 아율장이 청오랑국의 부활을 계획한다고 했다. 그래서 자꾸 세력을 넓히고 병사들을 조련시켜 강병으로 만들어간다는 것이다.

그렇다면 그는 겉으로는 대황국에 충성하는 것 같으면서 속으로는 복수를 꿈꾸는 충신일 것이다. 아니면 자신의 야망을 펼칠 때가 왔다고 여기는 효웅인지도 모른다.

그 아율장의 영토는 무려 사방 오백여 리에 달했고 그가 다스리는 백성은 이십만여 호(戶)에 이르렀다. 가가호호(家家戶戶)마다 아이들의 울음소리와 개 짖는 소리가 있었고, 곳간에는 곡식이 풍성했다.

그러므로 소문을 들은 유민들이 먼 곳에서도 찾아와 영지내에 거주하기를 원했는데, 그러면 아율장은 그들에게 집과 땅을 내주어 경작하게 했다.

그 결과 날이 갈수록 영토 내의 백성들이 늘어났고, 그에 따라 아율장의 힘 또한 강성해져서 이제는 모아합이 다스리는 번국 속에 있는 또 하나의 작은 나라라고 해도 좋을 정도가 되었다.

지난 삼 년 동안 주위의 다른 호족, 영주들과 쉴 새 없이 싸워 그들을 굴복시키거나 멸망시키고 영토를 확장해 온 결과다.

그리고 지금 아율장은 전쟁을 멈추고 평화를 지키고 있었다.

더 이상의 침략 행위와 세력 확장이 이어지면 대황국의 의심을 받게 된다고 여기는 것인지도 모른다.

아니면 대황국제일의 맹장인 모아합이 번왕으로 부임해 왔으니 스스로 조심하여 경계하는 것이리라.

어쨌거나 그는 암중에서 무언가 큰일을 이루고자 하는 계획을 착실히 실행해 나가고 있는 게 틀림없었다. 그렇지 않다면 찾아오는 유민들을 죄다 받아들일 리가 없지 않은가.

이제는 봄기운이 무르익어 곧 여름이 될 걸 알게 해주는 사월 스무닷새 날.

황보숭이 나귀에 타고 그 아율장의 영지로 들어왔다.

멀리 천호성이 바라보이는 궁벽한 작은 마을 황송촌(黃松村)에 멈춘 그는 빈집을 찾아 청소하고 지붕과 벽을 손질하더니 거기 눌러앉았다.

모아합의 소유가 된 청오랑국의 영토를 떠나 다른 나라로 갈 것 같더니 결국 그의 나라 안에 머문 것이다.

황보숭은 누구나 그렇게 하듯이, 관을 지날 때 관원에게 제 이름을 밝혔고, 관원은 명부를 작성했다.

관을 출입하는 자들의 명부를 충실히 작성하여 열흘에 한 번씩 외성을 총괄하는 장군에게 보고하는 것이다.

그러면 장군은 다시 그것을 천호성에 보고했고, 관리들의 검토를 거쳐 성내의 대소사를 관장하는 총령의 손에 최종적으로 들어가게 된다.

황보숭이 황송촌에 들어와 집을 수리하고 청소하여 기거할 곳을 마련한 지 닷새가 지났다. 그가 관을 통과해 들어온 지 열사흘이 지날 무렵인 것이다.

각 관에서 올라온 명부를 검토하던 총령 도위명(道位名)이 제 눈을 비볐다.

그는 아율장의 오랜 가신으로서 칠십에 이른 노인이었다. 젊었을 때의 총기가 여전하고 후덕한 인품이 모두를 아우를 만하지만 기력이 쇄해가고 눈이 자꾸 침침해지는 건 어쩔 수 없었다.

그가 탁상에 펼쳐 놓은 명부를 보고 또 보았다.

혹시 잘못 본 게 아닌가 싶어 다시 눈을 비비고 들여다본다.

한 사람의 이름이 거기 적혀 있었기 때문이다.

황보숭(黃補崇).

그것만이라면 대수롭지 않게 넘어갔을지 모른다. 그러나

황번현 가화촌 출신이라는 대목에 이르러서는 제 눈을 의심하지 않을 수 없었다.

"황보숭? 설마 그 황보숭이란 말인가?"

총령이 고개를 갸웃거렸다. 이내 곤혹스런 얼굴이 되어 명부를 다시 들여다본다.

"그 황보숭이란 말이오?"

영주인 아율장도 곤혹스러워하기는 마찬가지였다.

"그가 왜?"

"얼마 전 도유강으로 율해왕 모아합 전하가 몸소 찾아간 적이 있다는 보고를 받으셨을 줄 압니다."

"그랬지."

아율장은 주위의 영지들에 간세를 파견해 놓고 있음은 물론 사방에 첩자를 보내고 있었다.

천하의 정세가 어떻게 돌아가고 민심이 어떤지 낱낱이 알고자 했기 때문이다.

수백 명의 첩자에 의해서 매일 보고가 올라왔으므로 그것을 관장하는 가신 이하건(李夏乾)은 쉴 새가 없다고 늘 투덜댔다.

보고서를 분석하여 정보를 가려내고 다시 영주에게 올릴 문서를 작성하는 일을 조금만 게을리해도 책상 위에 보고서가 산더미같이 쌓이곤 했으니 그렇다.

총령 도위명이 침침해진 눈을 자꾸 비비며 잠시 뜸을 들이더니 느릿느릿 말했다.

"그리고 또 얼마 전에는 황창강 변의 작은 어촌 마을에 율해왕 모아합 전하가 철기 일만을 거느리고 갑자기 나타났었다는 보고도 받으셨지요?"

"그랬소."

"율해왕이 그렇게 엉뚱한 행동을 한 것이 실은 황보숭이라는 사람 하나를 만나기 위해서였답니다."

이미 보고서를 통해 알고 있는 아율장이다. 그러나 여전히 그 일은 이해하기 힘들었다.

"그 황보숭이 지금 황송촌에 들어와 자리 잡은 바로 그 사람이라면 이건, 이건……."

도위명이 말을 끝맺지 못하고 우물쭈물했다. 아율장도 침음성을 흘릴 뿐 무어라고 결론을 낼 수 없었다.

한참의 시간이 지난 뒤에 도위명이 조심스럽게 말했다.

"기린이 제 발로 찾아온 건지, 재앙신(災殃神)이 임한 건지 노신은 잘 모르겠습니다만……."

"그를 받아들인다면 율해왕이 어떻게 생각하겠소?"

"그게 잘……."

정보에 의하면 율해왕 모아합은 도유강에서 불같이 화를 내고 돌아갔다고 한다.

그런데 황창강 변으로 급히 뒤쫓아와서는 술 한 병을 나누어 마시고 매우 아쉬워하며 작별했다고 하지 않았던가.

그럴 거면 일만이나 되는 철기는 왜 데리고 왔던 건지, 와서 그렇게 위용을 뽐냈던 건지 도대체 이해가 되지 않는다.

모아합이 황보숭을 미워한다면 그를 받아들이는 게 화가 될 수 있다.

그렇지 않고 황보숭을 그만큼 높이 생각하고 있다고 해도 그를 받아들이는 건 역시 화가 될 것이다. 모아합이 이쪽을 의심하고 경계할 것이기 때문이다.

그렇다면 어느 쪽이든 황보숭은 재앙을 가지고 온 자가 틀림없지 않겠는가.

하지만 이 시대에 황보숭만 한 현자가 또 없다는 걸 세상 사람이 모두 안다.

아율장은 그를 내 사람으로 삼을 수만 있다면 호랑이가 날개를 단 격이 될 것이라고 생각했다.

그런 생각 때문에 아율장은 거듭 생각하고 망설였지만 결론을 낼 수 없었다. 골치가 아파왔다.

"조금 더 두고 봅시다."

손사래를 쳐서 도위명을 내보낸 그가 끙끙거리고 있을 때였다.

"누가 왔다고요?"

한 사람이 성큼 집무실로 들어섰다.

귀태가 완연한 사람.

젊고 잘생긴 얼굴에 위엄이 어려 있는 그를 본 아율장이 의자에서 일어섰다.

"전하, 전하께서도 들으셨군요?"

그가 활짝 웃으며 공손하게 맞아들이는 사람은 청오랑국의 황태자 청화륜이었다.

"황보숭이라는 사람이 왔다고요?"

"그렇습니다."

"그래요?"

청화륜이 무언가 불안한 듯, 못마땅한 듯 눈살을 찌푸리고 고개를 갸웃거렸다.

"전하, 어떤 생각이라도?"

"아니, 그저 그의 성이 황보 씨라는 게 마음에 걸렸을 뿐입니다."

담담하게 웃으며 말하지만 그의 가슴속에는 한 사람이 가득 떠오르고 있었다.

황보강이다.

그는 황보숭과 황보강의 관계를 알지 못하고 있었다. 그뿐만 아니라 세상에서 그들 둘의 관계를 아는 사람은 거의 없었다.

황번현이 청오랑국 내에서도 변방에 치우친 작은 현성이

었고, 그곳에서도 구석에 자리 잡은 가화촌이었기에 그렇다.

황번현과 가화촌에서야 황보강과 황보숭 부자를 모르는 사람이 없어도 그 말이 세상에 널리 퍼지지는 않았던 것이다.

더욱이 황보강은 몇 해 전, 청오랑국이 망해갈 무렵에 군문에 출사하더니 큰 싸움에서 전사했다고 알려져 있었다. 그러므로 이제는 가화촌에서도 황보강을 말하는 사람이 거의 없었다.

그러나 세상에는 황보강이라는 이름을 가슴에 새겨두고 있는 사람들이 몇 있었다.

황태자 청화륜이 그런 사람 중 한 명이다.

황보강을 생각만 해도 이가 부드득 갈릴 만큼 원한이 치솟는다. 그런 터에 같은 성을 쓰는 황보숭이라는 자가 찾아왔다니 마음이 편치 않았다.

'세상에 황보 성을 쓰는 사람이 어디 한둘인가? 그 많은 사람들이 모두 황보강과 관계있는 건 아니지 않겠어?'

그렇게 생각하면서도 여전히 마음은 꺼림칙하기만 했다.

『호랑이 이빨』 제4권에 계속…

저작권 보호!!

장르문학의 성장에 힘이 되어주십시오.

저작물의 무단 전재와 복제, 불법 다운로드!
이것은 관심이 아니라 무관심입니다!

작가님들은 창의적 열정과 시간을 투자해 자신의 꿈과 생계를 유지합니다.
한 권의 책을 만들어 많은 사람들은 자신의 인생과 미래를 설계합니다.

저작물 속에는 여러 사람의 노력과 희망이
담겨 있습니다!

저작물의 무단 전재와 복제, 불법 다운로드는 여러 사람들의 꿈과 생계를
위협함으로써 장르문학을 심각한 상황에 빠뜨리고 있습니다.

이제는 무관심이 아니라 관심으로 장르문학의
성장에 힘이 되어주세요.

[도서출판 **청어람**은 항시적인 저작권 보호를 통해 장르문학과
여러분의 희망을 지키겠습니다.]

저작물의 무단 전재와 복제, 불법 다운로드는 법률에 의해 처벌받을 수 있습니다.

저작권법 제97조의5 (권리의 침해죄)
저작재산권 그 밖의 이 법에 의하여 보호되는 재산적 권리(제73조의 4의 규정에 의한 권리를 제외한다)를 복제 · 공연 · 방송 · 전시 · 전송 · 배포 · 2차적 저작물 작성의 방법으로 침해한 자는 5년 이하의 징역 또는 5천만 원 이하의 벌금에 처하거나 이를 병과(동시에 두 가지 이상의 형벌을 지우는 일)할 수 있다.

도서출판 청어람